晚霞涛声

周如松 著

中国书籍出版社
China Book Press

图书在版编目（CIP）数据

晚霞涛声 / 周如松著. —— 北京：中国书籍出版社，2019.10

ISBN 978-7-5068-7456-4

Ⅰ.①晚… Ⅱ.①周… Ⅲ.①诗集—中国—当代 Ⅳ.①I227

中国版本图书馆CIP数据核字（2019）第212152号

晚霞涛声

周如松　著

责任编辑	李国永
责任印制	孙马飞　马　芝
封面设计	东方美迪
出版发行	中国书籍出版社
地　　址	北京市丰台区三路居路97号（邮编：100073）
电　　话	（010）52257143（总编室）　　（010）52257140（发行部）
电子邮箱	eo@chinabp.com.cn
经　　销	全国新华书店
印　　刷	北京睿和名扬印刷有限公司
开　　本	880毫米×1230毫米　1/32
字　　数	36千字
印　　张	7.5
版　　次	2019年11月第1版　2019年11月第1次印刷
书　　号	ISBN 978-7-5068-7456-4
定　　价	36.00元

版权所有　翻印必究

序言

真情永留在人间

丁国成

周如松同志已92岁高龄,新中国成立前即参加了中国人民解放军第三野战军,是名副其实的老革命。他出版过多部诗集,除了供稿之外,曾给我和旭宇、朱先树创办的《诗国》以大力襄助。他的革命经历和对诗的无私奉献令我肃然起敬!后来得知,他与《诗刊》原副主编、已故诗人柯岩还是校友,这又让我感到分外亲切。遗憾的是,我同周老虽然联系不少,却是素昧平生、缘悭一面。如今他有诗集《晚霞涛声》将要出版,求助于我,并希望写篇小序。尽管我也不再年轻(1939年生),但对周老的要求,我无法拒绝,只能谢绝外界约稿,勉为其难地写点感想,权充序言。

周老《人殇》诗中有两句:"人生,只留下一点真情在人间,人寂,不带走任何的旧怨前嫌。"周老其人、其诗,可用一个字概括,那就是真。周老为人,坦率真诚,喜欢说真话,句句出于心窝;周老作诗,坚持抒真情,字字发自肺腑。因而,他的人,常能赢得同志欢迎;他的诗,多会拨动读者心弦。

所谓"真者,精诚之至也"(《庄子·渔夫》)。诗之真义,大要有三:一者主体真诚。杜甫有诗,道是"直取性情真"。诗人要以真面真心、真意真性写诗,不能弄虚作假,无须乔装打扮。一旦效颦,即将有东施之讥;时或学步,便难逃邯郸之诮。二者客体真实。诗人为诗,借景抒情,托物言志,写人达意,叙事咏怀。如果客体扭曲、本质虚假,景、物、人、事伪而离实,则所表现的诗人主体——情、志、意、怀,必会随之失真。假意虚情,媚久必厌。三者揭示真理。诗之最高境界,在于表述人生感悟,揭橥世间哲学,展示社会规律,反映生活真谛。明代都穆有诗说得好:"但写真情并实境,任他埋没与流传。"(《南濠诗话》)

惟怀真情真性,始有真人真诗。遍访古今,历寻中外,天地间往往是真人不易得,真诗更难求。有的文人偏爱搔首弄姿;有的骚客独嗜装神扮鬼,终致真伪颠倒、玉石混淆。古人曾说:"盖其人既假,则无所不假矣。"(明·李贽《童心说》)徒使时人后世男男女女老老大大受其欺误。借用《古诗十九首》诗句说:"令德唱高言,识曲听其真。""为情而造文"者,自是吟坛真诗;"为文而造情"(梁·刘勰《文心雕龙·情采》)者,则难免诗界赝品。足见真人如宝而可贵,真诗似珠而难觅!

追求真实,这是优秀诗人的神圣职责与庄严使命。人们常说,严格的现实主义可以通向严肃的马克思主义,因为真实能够达于真理。真话未必都是真理,但真理必定都是真话。人类社会需要的是真话、真理,而摒弃虚假、荒谬。不大真实的作品歪曲现实的诗文,"若行于时,则诬善恶而惑当代;若传于后,则混真伪而疑将来"(唐·白居易《策林》),必为正直的诗人所不取。"心画心声总失真,文章宁复见为人。高情千古《闲居赋》,争信安仁拜路尘。"(金·元好问《论诗三十首》其六)像西晋潘岳(字安仁)那样谄事权奸、趋炎附势却又伪装"高情"、淡泊名利的诗人,必然遭到世人唾弃。"心画心声总失真"的创作现象，实在不足为法。忠于生活，忠于时代，忠于自己感受，这是正直诗人所不可推卸的应尽义务。

但愿周老如松的真情真诗，如其所望，永留人间！

2019.7.22 于北京

注：丁国成，原《诗刊》常务副主编，中国作协名誉委员，中华诗词学会顾问，享受国务院政府特殊津贴。

目　录

序　言……………………………………………… 1

第一辑　缤纷的幽韵

命　运……………………………………………… 3
黄昏依然是良辰………………………………… 5
为家国增添风韵………………………………… 6
水中盆景………………………………………… 6
搞清了…………………………………………… 8
穿行云海………………………………………… 9
画………………………………………………… 11
领　头…………………………………………… 12
搁　浅…………………………………………… 13
只能有一种选择………………………………… 15
解密是非………………………………………… 16
走………………………………………………… 17
光和灯…………………………………………… 19
蝴蝶往低处的香花飞去………………………… 21
河　水…………………………………………… 23
更坚韧的骨头…………………………………… 24
海洋是一本书…………………………………… 25
艳香的建兰……………………………………… 26
苦海有边………………………………………… 29

莫让花草失彩………………………………………30
墨　兰………………………………………………32
无　题………………………………………………35
无　题………………………………………………36
答　案………………………………………………38
追赶永远的春天……………………………………40
孤　独………………………………………………41
观望山花烂漫………………………………………44
慢了步伐　快了思想………………………………46
小草为什么无声无息………………………………47
没拿到的和拿到的…………………………………49
怎能让生命无谓地出走……………………………52
试画自我……………………………………………54
拆　迁………………………………………………56
昙花留影……………………………………………58
渴望、期待…………………………………………60

第二辑　轻扬的心魂

空着手，轻着装……………………………………63
不要为我打上句号…………………………………66
祈　愿………………………………………………68
望　海………………………………………………69
何愁　何怨…………………………………………71
晚霞涛声……………………………………………73
低　处………………………………………………75

加入超越的战斗	76
需要明灯，喜欢慧眼	78
不要再让他——	79
人类不要战争	80
无　谜	83
改天换地	86
我写诗歌　诗歌写我	86
我愿做这样的学生	91
实现梦想	93
改　变	95
泪水长流，掀起巨浪	97
战马老了	100
隐匿、透明	103
野草的观点	104
怎么办	106
清白无辜的海	107
海　殇	108
离　骚	109
崛　起	111
叶　子	114
樟树和龙草	116
夜思南海	117
超　越	119
放下心来吧	121
需要王者仁人	123

也说打脸……………………………………………… 125

不能投降………………………………………………… 129

被选择和自我选择……………………………………… 131

自　信…………………………………………………… 132

含泪、流泪……………………………………………… 132

王者归来………………………………………………… 135

话贪腐…………………………………………………… 136

住手，霸权……………………………………………… 140

旗帜和旗杆……………………………………………… 141

边沿坑坎………………………………………………… 144

资本的末路　民主的悲哀……………………………… 145

依靠人类自己…………………………………………… 148

天公举旗　朝阳升空…………………………………… 149

记忆不会消逝…………………………………………… 150

信心满满………………………………………………… 152

显身露面一瞬间………………………………………… 154

第三辑　远去的踪影

静静的晋安河畔………………………………………… 157

落印潭…………………………………………………… 158

也许、是的、如果……………………………………… 160

到处是镜子……………………………………………… 164

超级太阳………………………………………………… 165

自毁生路………………………………………………… 167

无　题…………………………………………………… 169

小草和家居	171
伪　装	172
天鹅分飞	172
梦　游	174
满足　致远	175
坚持本色　不要打扮	176
不要被色染	177
远　眺	179
夏日游下沙	180
别　离	181
人们的故事	182
人　殇	184
老照片	185
皱　纹	187
远去了，但仍然	188
海　葬	190
人的思念	191
人间女神	195
吻和情	201
一个老人晚年的心态	203
世　故	205
回　首	206
家乡的凉水	208
家乡，我仍然走在路上	211
曾是我身旁的剑池	213

剑舞人寰　走进民间……………………………………… 214
旧友在何处………………………………………………… 217
猴儿跳……………………………………………………… 218
人民在缅怀你们…………………………………………… 220
在告别剑池前……………………………………………… 223
何忧何虑…………………………………………………… 225
下　沉……………………………………………………… 226
这只船……………………………………………………… 227

第一辑
缤纷的幽韵

命　运

天空阴沉
面前的河流湍急、陌生……
一个敢于往水里冒险的人
受泳友的鼓励　从南岸向北岸泅泳

游到河流的一半
忽然天降倾盆大雨
是继续向北岸游去还是停止冒进
泳者判明水情　毅然急流勇退　向南岸转身
风雨交加　河水猛涨　掀起大浪
泳者被冲去下游　出现了险情
下游北岸一侧的旋涡　素有虎口之名
卷进去了　将有溺水的灭顶

如此要命的情况
南岸上的泳友施救无门　手足冰冷
水中的泳者却像钢铁般地镇定
一场生死之间的搏斗　泳友惊魂

命运全由泳者掌握
但见泳者拼死拼命　向南岸划行

晚霞涛声

终于远离了北岸一侧的旋涡　战胜
了死神
泳者安全归来　筋疲力尽　泳友含泪
庆幸虎口余生

人生
命运中有着无数的像旋涡一样的陷阱
绕不过去　强吞下的是粒粒苦果
绕得过去　笑饮了的是杯杯甘霖

人生
面对栽在正义上的命运　要立
足于拼
拼赢了　生得光彩
拼输了　死得精神

1992 年 8 月

黄昏依然是良辰

黄昏
自然的轮回和场景
出现了暗淡、消沉、孤独、寡情

这似乎走进了死的胡同
走进了消失、泯灭、绝境
它阻断了对美好和甜蜜的追寻

黄昏
人们避不开的一段行程
但可以另辟蹊径

这似乎能够走进夜的舞台
走进了光明、新生、佳境
它让黄昏依然是创业的良辰

2007 年 10 月

为家国增添风韵

许多人回到了家乡
把果实奉送给了故人
我只有一枝笔
尚在托起小花小草的品行

天下花草多义重情
都在传承
献美、送氧、扶弱、济贫……
为家国增添风韵

2010 年 3 月

水中盆景

武夷山脉
汀江之滨
大自然推出了一个水中盆景
鬼斧神工　景象天成
人世间收容下一丝孤傲矜持的风韵

盆景中的几十个微形山峰
插上花草
静坐在江水中的一侧自个儿弄影
千百年来
温情脉脉地企盼知音光临

江水急走不停
高空上的山鹰自恋地孤鸣
舟船路过不亲
盆景中的小鱼无声地游泳
都是些冷着面孔的远亲近邻

水中盆景远离贫困的自然村
村民忙于衣食
无意造访回应
幸有沦落的骚人
邂逅了被冷清的水中盆景

相见恨晚
一见钟情
借着湍急的江水伴奏呜咽
天涯沦落的骚人升温
敞开情怀高歌放鸣

沦落者唱出了心中的哀怨和不平

晚霞涛声

更唱出了对水中盆景——
遭受冷落的怜悯
彼此同病相怜
自然地心心相印

2011 年 6 月

搞清了

是走了的光亮吞噬了我
还是我抛弃了光亮
在一片黑暗中我被黑了
我没有冷静地多想

幸而还有一个手电筒
它在黑暗中把一切照亮
我才懂得自己被黑了
是自己不会发光

终于搞清了
懂得黑暗还在世上猖狂
是黑暗操纵了自己

而不是自己抛弃了光亮

黑暗是客观存在的
不是自身有黑构不成罪状
不要害怕被走失的光亮染黑
自身无黑就能永远光亮

2011 年 7 月

穿行云海

一行走在浙闽仙霞岭的人
担着尘世的沉重和烦忧
望着四周的崇山峻岭
心中没有一丝一毫的轻松宽舒

清晨的峡谷倏忽滚起白色的云雾
从低向高，由远到近，初淡后浓
把崇山峻岭拥抱成了一个一个的孤峰
孤峰像岛礁一样与云雾亲昵地沉浮

云雾弥漫造化出一片云海

晚霞涛声

　　使一个一个岛礁时隐时露
　　云海涌向走在山道上的行人示柔
　　行人恍恍惚惚好似在天空腾云架雾

　　云海茫茫　澎湃汹涌
　　晨曦悄然在浪涛上漫步
　　岛礁着上光彩在云海中升降起伏
　　奇幻的仙境虚无缥缈　行人大饱了眼福

　　在云海中穿行观景
　　甩掉了旅途跋涉的劳苦
　　在云海里穿行揽胜
　　卸下了人间的沉重包袱
　　惜乎时命催促
　　短暂了行人一时的宽舒
　　重又进入尘世
　　又担上了沉重和烦忧

2012 年 8 月

第一辑 缤纷的幽韵

画

画得出一个仁人
能否画出仁人的内心
画得好一幅风景
能否画好风景的感情

能掏出众生真话的画
可说是质量上乘
能得到观众好评的画
可说是画中精品

画出了一个内心美好的仁人
这世界有望消除战争五洲和平

画出了一幅有情有义的风景
这天下或可和衷共济五谷丰登

当今，天空的云朵
易被乱吹的风搅动得飘摇浮沉

眼前，山野的流水
常为不平的地推搡得奔腾翻滚

晚霞涛声

需要有一个精通治风的高手
把云朵画成彩霞缤纷

需要有一个擅长平地的巧匠
把流水画得生动温驯

2012 年 11 月

领　头

经不起暴风拔根倒伏的大树
是因为根子不深的缘故
得不到硕美鲜艳的花朵
是因为长在缺乏养分的泥土

不是领头羊爱做群羊的头
而是群羊自发地跟着它走
不是领头马要为首向前举步
而是群马自发地随着它上路

自然而然形成的头
群体用正义始终把他拥护

诡谲窃居高位的头
最后难逃群体和历史的诅咒

草成景
才会赏心悦目
路有基
方能耐压牢固

2012 年 11 月

搁　浅

载着使命、智慧、客观
一只船轻快地
驶过了江河、湖川
昂首环游在岛礁、海滩
船员们兴高采烈
勇往直前

载着目标、骄傲、主观
一只船自满地冒进
沉重地搁浅在岛礁沙滩

晚霞涛声

船员们耗尽气力
忍肌挨饿
盼望救援

海岸尚有众多的渔船
见情施救
助力使它脱离了危险
这只船谨慎地前行
将花费更多时间
才能到达目标的大洋彼岸

对这只遇险的船
有人感叹又点赞
有人点赞又感叹
对那些救援的船
有人称赞又嘉勉
有人嘉勉又称赞

搁浅原可避免
嘉勉堪称远见

2012年12月

只能有一种选择

走进群花的园地
只有一种选择
哪一朵是贤惠的内助

走进耀眼的职场
只有一种选择
哪一座是真理的浮屠

走进彩绘的远景
只有一种选择
哪一幅是正义的宏图

走进多变的人生
只有一种选择
哪一本是必读的天书

选择,只能有一种选择
必须在战斗前弹药充足
切不可不学无术

选择,只能有一种选择

晚霞涛声

必须在竞争中全力以赴
切不可心有旁骛

2013 年 1 月

解密是非

向谁质疑
这离奇的秘密
向谁求解
这难明的是非

花经常被逼去敬献颜色
草习惯于接受欺骗蒙蔽
鸟的美声成为了爬高的作业
兽的凶狠乔装成解闷的酒杯

走遍天涯海角
向谁质疑隐秘
做尽烧香拜佛
向谁求解哑谜

只有等待到——
天降圣哲执掌了权柄
去解密环球的——
似是非是的是非

        2013 年 2 月

走

走着走着
慢了脚步
道路上陷阱太多
每走一段就会踌躇
走得这样艰难
哪是壮士风骨

走着走着
慢了脚步
留下的时间不多
每走一段就感迟暮，
走得如此困苦
谈什么美满幸福

晚霞涛声

为什么不能放开脚步
脑壳里有了个紧箍咒
为什么不能大胆行走
心里头害怕误入歧途

上天不会施足米粮
要吃得饱得靠双手双足
人世自古有冬有冻
要穿得暖得靠手勤脚猛

不前则后
怎可停步
不进则退
岂能踟蹰

定要立马横刀
前进才有出路
必须纵横捭阖
拼搏可拔头筹

2013 年 9 月

光和灯

不仅仅漆黑了夜晚
大白天也会出现失明
经常性的突然天昏地暗
人们首先想到的是光和灯

有了光和灯就有了光明
丧失长期冬眠能力的人
在漫长的黑暗时代里
人们最需要的是光和灯

大自然中有着无数能产生明亮的光源
动物中有着独一无二会造灯的匠人
非人类的生命只识得自然的光和火
万物之灵的人类却懂得制造火和灯

非人类的动物见了火始终害怕
人类却对火先是害怕后是欢迎
走过漫长黑夜的生灵
是人把火变成了灯

能发光的是火
能造光的是灯

一种光让你看清了万物识别了体形
一种灯助你会做人、办事、创造、发明

水能载舟也能覆舟
钱能救人也能害人
火能成事也能败事
灯能引路也有暗影

人类需要的是利人的文火和明灯
人类不需要的是没有福祉的死光和神灯
让一切好的火和灯起飞成为光明
让所有的魔火和死光被清除干净

走在漫长的夜路上
需要用光和灯照明生活、工作、创新、征程
生在战争不断的年代里
更需要像光和灯一样的透明、公正、正义、和平

成就来自光的照明
富强来自灯的指引
伟大的是亮光和明灯
好的文化、传统、思想、主义与光和灯同行

2014 年 3 月

第一辑 缤纷的幽韵

蝴蝶往低处的香花飞去

花朵开放在庭院、花圃、路边
庭院的花朵生辰八字已许
花圃的花朵走向莫测
只有路边的花朵春意普惠

低处的香花把蝴蝶吸引
花朵的脂粉向蝴蝶传情
路边的花朵采访容易
蝴蝶往最近的低处香花飞去

花朵开放在僻壤、高处、田野
田野的花香带着泥土气味
僻壤的花路崎岖难行
蝴蝶对它们无奈失去了兴趣

长在高处的花朵浓香奇美
十分稀贵,十分难得
但它们或在悬崖陡壁或不肯降身相迎
蝴蝶望而生畏,不惜放弃

蝴蝶紧追近地低处的香花
好的是池亭水榭先得月

晚霞涛声

蝴蝶总是往低处近地飞去
花朵也总是成就了蝴蝶的心意

高处的爱情复杂曲折
常听到互不遂心的叹息
好的是高处的花朵十分耐心
但不知何日盼到一只大鹏展翅飞临

2014 年 3 月

河 水

高原上一条青春明净的河水
滔滔地向东奔流
风雨、污泥、乱石、秽物却把它丑化扭曲
意欲逼其后退、蒙羞
图谋压其屈膝、受辱

河水依旧向东奔流
在波谲云诡的人海中
跌宕起伏　昂首阔步
顽强过招　潇洒个够
犹与那带咸的惊涛骇浪展开搏斗

河水啊
你——
为什么始终向东滔滔地奔流
你——
为什么一往无前誓不回头

2014 年 3 月

晚霞涛声

更坚韧的骨头

万物都有骨头
还有一种骨头把万物支撑
水有,是冰
花有,是茎
草有,是根
人有,是心
…………

万物都有骨头
还靠着一种骨头的支撑
水有了冰,不虑蒸发
冰是个好后勤适时供应
花有了茎,不怕采摘
茎有再度发芽开花的本领
草有了根,不惧腰斩
根能再生,藏身地下,战出生命
人有红心,不畏强暴,驰骋纵横
心用创新,成了无所不能的万物之灵

冰茎根心……
是不叫骨头的骨头
它比皮包的骨头

第一辑 缤纷的幽韵

更加友爱慈仁
它比肉裹的骨头
更加仗义坚韧

2014 年 7 月

海洋是一本书

海洋是一本书
打开这本书
会让人心胸宽广

海洋是一本书
打开这本书
会让人眼睛明亮

这本书记载了元忽必烈征途沉船的沮丧
这本书血写了清朝甲午海战完败的国殇
海洋曾让人引发出对往事的黯然神伤

这本书赞美了圣经里的方舟——
征服了漫天洪水的团结和力量

晚霞涛声

这本书歌颂了明郑和的舰船——
胜利地劈波斩浪七下西洋
海洋曾激励航海者远航——
一览无限风光,收获见多识广

人的一生需要学习海洋这本书
它能教会人如何征服海洋
安全地猎取宝藏,实现梦想
人类未来不能离开海洋这本书
它能帮助人怎样立足海洋
迅速地升空翱翔,开发洪荒

2015 年 8 月

艳香的建兰

一苑建兰
它们的剑叶在春风中招展
剑叶的创意是——
在春恋时把花茎召唤

一苑建兰

它们的花茎在温暖中茁壮显现

花茎的志向是——

在热恋时交出花蕾放艳

一苑建兰

它们的花蕾在青春中绽放美颜笑脸

花朵的意愿是——

把幽香遍送人间

一苑建兰

不幸被暗藏的恶虫侵犯

茎上花朵的营养被阻断

花朵的香蕊遭受摧残

一苑建兰

在虫害下花朵枯萎花瓣失鲜

花蕊的沉香被恶虫吞噬贪婪

建兰的剑叶乏术无力回天

晚霞涛声

但见——

蜂蝶为失去甜蜜的舞伴不再顾盼

骚人墨客为失去幽香没了灵感

广大游人为失去高雅景观冷清了花苑

幸有众多壮士见义勇为

挺身而出消除虫患

他们奋力把恶虫捕捉

他们立刻判决把恶虫处斩

建兰得救复苏了

花茎浴火重生花朵复艳

花蕊的幽香又徐徐遍传

一苑建兰更加烂漫

现在一苑建兰已披上了无数光环

得到了更多的蜂蝶顾盼点赞

收获了多彩的颂扬的诗篇

天下游人云集热捧建兰新生香韵满园

2015 年 8 月

苦海有边

行驶在苦海的
有着无数小小的渔船。
它们在求取生存中
有着无数的隐患。
海霸海盗横行,更增加了
生存的风险,苦海无边。

人类命运共同。
正义的力量,打造出了
和谐仁爱的港湾。
一道曙光普照,
它包容、慈善、温暖、救援……
海霸海盗望而生畏,苦海有边。

2015 年 9 月

晚霞涛声

莫让花草失彩

鲜艳的花朵
开遍了原野
它们的奉献
受到了蜂蝶的赞誉

高耸的楼房
在原野拔地而起
迫使花草远离阳光
仿佛遭到了遗弃

远离阳光的花草
零落在底层的一隅
无力奉献花朵
只剩下哀伤挣扎的绿叶

漫长的历程
花草连遭浩劫
在歧视的冷对下
苦度着岁月

悲凉的情景
让昔日的蜂蝶

爱莫能助，深感无奈
发出了声声叹息

阳光啊！
这些花草热爱祖国
曾经加入战斗序列抵御外敌
今天，让它们走出了冷阴
重新给予了合情合理的定位
这是它们的机遇，何故有差别

阳光啊！
这些花草已改变属性
渴望得到阳光的施舍
重新披上光荣的彩衣
这种于国于民于蜂于蝶的好事
堪称正义之举，何乐而不为

2015 年 11 月

墨　兰

是谁泼洒了墨汁
让它的花容永远蒙上了黑暗
雨露抹不去它脸上的烟尘
云霞推不出它肌肤的鲜艳
可它仍然——
一身披着片片翠绿的剑叶
可它依旧——
花瓣缀上点点暗红的光斑
可它奋力——
穿越过青年、壮年，昂首到老年
可它举足——
踩踏了昨天、今天，健步进明天

是谁把它冷藏在穷乡僻壤
卧倒在春冻、酷暑、秋凉、严寒
像流星，被绑架起解，一块陨石落入野地荒山
像过客，被炒作扭曲，贬低成可憎的下品嫌犯
它遭到冷对、排斥
它不幸蒙难、含冤
它带着一个被压抑了的头颅
它张着一双被涸干了的望眼

它担着一颗被伤害了的寸心
它阴着一张被羞辱了的脸面
它走去了无边无际的苦海
它回过头来也看不到堤岸

献身无路白了头
它曾经困惑、感叹，呐喊求春暖
八千里路云和月
它始终不屈、志坚，执着向前看

毕竟这个世界尚存许多空白、机遇
它终于摆脱了冰冻的羁绊
在不是万物乐意献花放香的时节
突然出现在受宠的蜡梅和水仙的中间
把长年累月储藏下来的清香
不论是白天还是夜晚
也不管面对的是高贵或者卑贱
都慷慨地向着春前的大地——奉献

历史是前进的
刀枪无法长期武断
待到天下的平民百姓觉醒
必定能把乌云驱散
万物是向阳的
黑暗无力长期阻拦

晚霞涛声

待到在上的金睛火眼明鉴
必然会使春光烂漫

聚集了点点滴滴的香露
将会弥漫群山中的原野田园
施放了丝丝缕缕的清香
更能站立在城市里的阳台庭院
墨兰就是这样的巾帼
它潇洒地生活在人寰

冲出了污染的物种
定会荡漾进海洋的岛屿港湾
让和谐的浓香
平息了恶浪的霸道横蛮
冲出了黑暗的墨兰
定会凝聚着爱好和平的友伴
让春天的气息
甜美出春华秋实的景观

不要哀怨
黑色的泼洒只能歪曲墨兰的外表
——为时短暂
应该高歌
香醇的奉献才是墨兰的本质内涵
——存世久远

试问——

曾经的施暴者

他们抹黑花朵的表演

在阳光下、杯酒中

有谁能逃过人民的审判

有谁能回避其丑行成为历史长河中的千古笑谈

试看——曾经的受害者

他们奉献香醇的夙愿

在和风中春光下

得到了美好的发展

未来的世界必将成为世外桃源

2016 年 6 月

无 题

在万花争艳的园苑

牡丹的国色天香

玫瑰的粉黛红妆

都曾活跃在追花者的眼球心房

晚霞涛声

可是，牡丹玫瑰日夜盘算着的是烟云般的财富
都不愿降低身价，断绝票房、天堂
追花的才俊穷哥们怎敢痴心妄想
走去了山乡僻壤

进入了另一个绿色世界
深山峡谷的地方更有鸟语花香
怀春的山茶花和芳心的幽兰送出了朴素的情网
遂愿了寒门子弟们追花的渴望

多少人栽倒在虚情假意的甜蜜和财色泛滥的浊浪
多少人彼此忠贞，幸福在互送的芬芳和相濡的交响
广阔幽深的蓝天常有不测的风云在施暴疯狂
是花的和追花的不可不反复思量

2016 年 6 月

无 题

怀着私利的成见
怎会有公平兼顾
出自主观的武断

那能让众心佩服

真理来自史实
一视同仁,方能人心归附
正义来自大众
标准同一,才会美名永固

既是一棵大树,应该把——
不是坏叶的落叶、黄叶写进家谱
既是一双父母,必须把——
亲生的和收养的儿女都视为己出

如果一棵大树多私
办事有点糊里糊涂
不善包容
很难说大树会光彩夺目

假定一双父母少公
施爱有些偏向侧重
有亲有疏
极可能会缺失家庭和睦

2016年8月

答 案

征服过多少座险山
已是追忆不清
劈断了多少条恶水
早就模糊不明

山花啊
已远离了我的眼睛
海浪啊
也没有了我的身影
寒天啊
曾冷冻着我的一腔赤忱
煦阳啊
正暖热着我的二度青春

是命运左右小小的我
我拿捏不准
是小小的我掌握住了自己的命运
我自知无能

时至今天回望走过的道路
禁不住向天问
禁不住向地问

到得暮年梳理昔日的峥嵘
怎能不向人问
怎能不向己问

对于命运好坏生命长短的发问
臧克家的诗歌笔舞出亮晶晶的吟咏
关乎事实真假荣辱誉毁的发问
周树人的杂文放射了铁铮铮的强音

终于
我领悟
身轻似烟云
向善则升
最后
我感叹
欲重如沙尘
从恶必沉

2016 年 10 月

追赶永远的春天

我追赶着春天
一追就是九十多年
追到了一个又一个季节性的春天
但没有追到一个永远的春天

在追赶着永远的春天中
遭遇到了夏日中水火不相容的灾难
也聆听过秋风送来寒蝉鸣叫不平的哀怨
更经历了日短夜长的冬冻熬煎

我追赶着永远的春天
那没有冬夏的春天始终没有出现
虽然我已老得筋疲力竭，苟延残喘
但仍在以一息尚存把永远的春天追赶

2017 年 2 月

孤 独

失去了亲人……
走进了孤独
别离了好友……
跌落进无助
美好的——远去
陪伴的却是一座空楼
这是人的遭遇
也是人的苦楚

迎来了报刊诗书……
交上了好伴新友
种上了几盆花草……
亲近了才俊丽姝
美好的——到来
空楼不空，消除了孤独
这是人的取向
也是人的感悟

孤独的有了陪护
找到了自己的出路
孤独的有了希望
希望就在于不断地追求

晚霞涛声

有希望就不会孤独
有追求就会有幸福

遥望远山
有郁郁葱葱的绿树
近观湖水
有慢慢悠悠的小舟
耳听树间
有断断续续的鸟啾

即使眼不能看了
尚有耳听来弥补
即使耳也不能听了
尚有脑仍在回顾
即使脑也不能想了
也就感觉不到孤独

世界上的万事万物都不会孤独
是自己把自己禁锢
冲开牢笼
大自然会让人心舒
打掉枷锁
这世界尽是通途

人是能动的万灵的

第一辑 缤纷的幽韵

都能与万事万物为伍
人死了还有人伴
有人走在前头　有人走在背后
生生死死川流不息
生死都伴着万事万物
生，自有人和物来相亲随从
死，自有人和物来相处厮守

青少、中壮、老衰都有梦
有梦就有术，有术能造路
有路就有福，有福能帮扶
何来烦忧，何愁孤独
走好最后一程路就是了
快乐地走进坟墓
那个场所能完全摆脱孤独、痛苦
那个地方是桃源式的福地、归宿

2017 年 4 月

晚霞涛声

观望山花烂漫

一个雅士在观望
他对它们的横空出世
胸襟豁然开阔

一个淑女在观望
她对它们的盛妆起舞
芳心立马闪烁

一群蜂蝶在观望
它们争先恐后
忙把山花香粉收获

一群鸟兽在观望
它们都是近邻
相聚亲和有笑有说

一位高僧在观望
他闭目合掌
把它们敬之为弥陀

一位诗人在观望
他升华灵感

把它们请进入诗歌

一些老百姓在观望
把它们的美好和恢宏
向城市四处远近传播

一些花贩子在观望
把它们劫走去了花市
山花的命运好坏难卜

唯独追梦者
看着、想着山花成长烂漫的秘密——
进行了长年累月的探索

只有大自然
把山花的绽放花朵
视为锦绣山河的楷模
花期后，让它们自然萎谢，飘落
休整后，待到来年
再让它们花开朵朵，彩绘山坡

2017 年 5 月

晚霞涛声

慢了步伐　快了思想

老了
行动都慢了下来
老了
思想却快了起来

老了
慢了步伐
身边的纪念品怎舍得放弃乱扔
心上的故园情怎舍得抛甩曝晒

毕竟老了
放弃是违心的无奈
抛甩是乡情的悲哀、感慨
这些都是由于自然规律的体衰

老了
快了思想
有多少话要及时交代
有多少事要早日安排

毕竟老了
要早交代的是如何正确对待钱财

要好安排的是如何教育培养后代
这些都是出自万里江山的情怀

2017年9月

小草为什么无声无息

舞台上鸟神戴着假面具
上演着一幕又一幕的戏
戏演得诡异神奇
使飞鸟着迷
促捧场者走邪
一时间欢呼声和拍掌声四起

只有大片大片的小草无声无息
为什么
原来戴着假面具的鸟神
曾在小草们的身上做戏
它用爪子把小草的喉管撕裂到无气
它用利喙叨开小草的心尖到出血
这一幕又一幕的戏

晚霞涛声

痛苦长留在小草们的记忆

小草明白
在时不利己时
只能无声无息
小草懂得
当机会到来时
才可扬眉吐气

2017 年 11 月

第一辑　缤纷的幽韵

没拿到的和拿到的

曾走过不少的城市、农村
曾走过很多的河流、高山
曾进入商界、官场
曾进入园林、花苑
曾卧倒草地、农舍
曾卧倒沙滩、宾馆
曾腾飞文山、会海
曾腾飞会所、书院
曾穿越黑色的森林、涵洞
曾穿越白色的冰川、雪原

见过了豪宅、宫殿
见过了权杖、宝剑
听过了京调、南音
听过了美声、古弦
触摸了奇石、根雕
触摸了汉瓦、秦砖
翻阅了周易、春秋
翻阅了遗诏、铁券
习练了剑术、枪法
习练了北腿、南拳

晚霞涛声

没有领过荣耀的奖状
没有多拿薪外的金钱
没有饲养人喜的宠物
没有品味罕有的海鲜
没有当上起码的小官
没有接触绝对的密件
没有众多超强的关系
没有高位后台的支援
没有一丝一毫的贪腐
没有一点一滴的阴暗

每次外出回家
孩子都张着一双企望的小眼
每次出差归来
妻子总是庆幸平安,展露笑颜
对曾经有过的不幸
孩子的头脑一片茫然
对曾经有过的冤枉
妻子毫无责怪,没有一句怨言
但是全家人绝不会逆来顺受,忍气吞声
该回应的就回应,该呐喊的就呐喊

一个人向这个社会要的是什么
要的是正义、尊严……
一个家向这个社会要的是什么

要的是幸福，美满……
一个国家向这个世界要的是什么
要的是独立、主权……
一个民族向这个世界要的是什么
要的是生存、繁衍……
一个革命者坚守的是什么
是理想、信念……
一个进取者秉持的是什么
是毅力、夙愿……
一个人要取得的形象是什么
不是伟大而是平凡……
一个人要重视珍贵的是什么
是事业有成，有着属于自己的时间

回首走过的历程
有不少灰暗也有亮点
面对未来的前景
不都是顺利也有风险

额外的不能要
薪外的不能沾
别人拿到的不义之财都不能要
别人不愿拿到的杂务要全力办

一个人要用好人生，要拿到自由支配的时间

晚霞涛声

这个人就能把一身正气和成果留下在人寰
一个人要创新未来，登上那道德的制高点
这个人追求美好的愿景不会十分遥远

2018年2月

怎能让生命无谓地出走

我曾被黑夜俘虏
前面一盏明亮的灯在招手
我怎能让生命轻易地出走
我要挣脱锁链抖去束缚

众生在劫难中苦度
身边尚有生命共同体似的一群战友……
那些流血落泪的悲情
依旧翻搅在心头
我怎能让生命沉默地出走
我要挺身振臂高呼

祖国、人民、土地、民族

还在遭受遏制、围堵
一个古老的民族长期披挂着历史的奇耻大辱
正在为实现中国梦走着长征的道路
我怎能让生命平静地出走
我要继续初衷，不停地参加抗霸反帝的战斗

珍重生命
不要愧对天地先辈的养育
做美生命
才能担当国强民富的重负
延长生命
要把高寿用来创新夕阳红

小草的志向是青绿
山溪的志向是奔流
花蕾的志向是开放
云彩的志向是曼舞
和风的志向是轻柔安抚
细雨的志向是滋补润物
草根的志向是破土复苏
百姓的志向是温饱富庶

万物高举美好的志向
星光不惜将微光照亮天空
众生鼓足干劲推出致富的举措

仁人志士勇赴科技战场逐鹿
我怎能逍遥地出走
我要争分夺秒把命途难关征服

2018 年 3 月

试画自我

我走出童年
家乡有人为我送上勉励的美言

我撞进青年
异地有人对我射出歧视的冷眼

我纵横壮年
职场有人批我竖起对立的旗杆

我彩绘晚年
社会有人奖我一些闪烁的光环

我在道路上有几个拐弯
我在征途中有一些亮点

我在漫长岁月后的今天
白天受阳光照射，夜晚有明灯陪伴

今天，试画自我
自安的是见财不贪

今天，试画自我
自慰的是一生平凡

今天，试画自我
有笑的岁月，笑得自然

今天，试画自我
有冤的时段，冤得长叹

笑在最初
笑我与世无嫌

冤在中段
冤我乱世蒙难

笑在最后
笑我处世有禅

夕阳余热，行将过去

晚霞涛声

已对过去的是非成败求索得十分明辨

晚霞黄昏
正用过去的经历教益指点着万里江山

2018 年 5 月

拆　　迁

一

恋香的蝴蝶
从高处得到了失香的信息
急忙扇动双翅起飞
冲去了灰头灰脑的旧民居

旧民居的阳台上
建兰、墨兰……正在休息
在这不是开花放香的季节
对蝴蝶的来访都深感诧异

经过反复交谈、质疑
兰花们知道了自己的香永远属于自己

去了他处仍会香随
也必有恋香的蝴蝶相会

经过反复交谈、质疑
蝴蝶们也终于明白
旧香远去还有新香驾临
也打消了顾虑

二

长风几万里
清除了地面上的枯朽垃圾
新去的处所
房好、优惠、宜居
推陈出新之事
何乐不为

花苑遍城区
推高地下的文物古迹
能在原来的住地
造苑、建馆、升级
弘扬文化遗产
莫可厚非

三

未来，城市盼望更加美丽
未来，百姓祈求更近水月
要使遍地焕发新颜
这，全赖高处周全设计
据实施政
好让众生满意

未来，城市盼望更加美丽
未来，百姓祈求更近水月
要使内河鱼多水洁
这，全赖民间配合助力
好让政府创业

2018 年 5 月

昙花留影

期待昙花开放已长达十多个年份
今天它终于放艳出了美丽的春韵
昙花一现，青春短暂，萎谢将临

第一辑 缤纷的幽韵

一个老人向她发出了求助的呼声

她刚从山上锻炼回家淌汗水一身
她正要赶去照顾年仅半岁的长孙
对爱花老人迫切求助的排忧解困
她立即放下家事去帮助耄耋老人

面对着昙花亭亭玉立的绿色花茎
凝视了昙花白色花瓣的剔透清纯
倾情于昙花金黄花蕊的颜质秀润
她用手机从各个角度把昙花摄影

雍容端庄的她抢拍下昙花的青春
心地善良的她永久了昙花的生命
她让昙花一现的感叹成为了烟云
她扭转了昙花转瞬间消逝的命运

她抢拍下的昙花堪称上乘的精品
正温存地长伴爱花老人安度余生

她高尚的情操于解困之下见真情
也感人地驰入了夕阳老者的寸心

2018 年 5 月 27 日

渴望、期待

云朵不淡
风力不轻
乌云会染黑大地
暴风能伤害生灵

新时代了
煦阳灿烂了人生
一个家庭展示了大家风
度的愿景
一个望族弘扬了春节团聚
的传统,孝老爱亲

云朵不淡
风力不轻
风云变幻莫测
世界上充满霸凌、仇恨

新时代了
煦阳光辉了历程
国人渴望统一的春天
早日降临
人间期待王者把人类
未来的美好引领

2019 年 2 月

第 二 辑
轻扬的心魂

空着手，轻着装

天空有着曙光
照耀着海洋
水面不都是平静
时不时会掀起惊涛骇浪

这时的我站在高原
空着手，轻着装
两眼望着前方波涛汹涌的海疆
回头搜寻着艰难走过的地方

在那条走过的道路上
曾有黑洞在天上吮吸
曾有陷阱在地下隐藏
右方有觊觎的虎豹
左方有谋算的豺狼
北面有寒流像冷箭
南面有热风像火枪
居中坐镇的是虾兵蟹将
它们对真理、正义……
布下了天罗地网

在这样的风险下

晚霞涛声

我的手中一直空着、身上一直轻装
手里拿着的锄头没有钱财立项进账
身上着上的布衣没有口袋私囊

这时的我两手空白得不见笔墨纸张
全身披挂上透明的骨损肉伤
阳光照射不进手脚身心
风雨侵入了六腑五脏
苦难恰似藕断丝连
痛时只好仰望月亮

现在我可以吃得有味了
也可以住进新房
现在我可以挥毫纵横了
也可以把心中要说的话鸣放

回头看着走过的地方
黑暗处已是一片亮光
肮脏处更有花朵放香
障碍拆除，腿脚自由地走向远方

为什么我能走进今天
得感谢道路正确，信念飞翔
为什么我能活到高龄
归结于不向命运低头，敢于与病魔较量

我常问自己怎么走过来的
我交出的答卷是自信和能量
以及有着坚定的信仰
还有那不尽的希望

我毕竟走过来了
破解走过的密码全靠爱国爱乡的情肠
我毕竟走过来了
取得长生的秘密尽是爱人爱己的良方

未来有着曙光
照耀着海洋
水面不会一直平静
出现惊涛骇浪实属正常

地上有着霸主
横行四面八方
环球不会长期安宁
出现动荡战争也非异常

世界不太平，不能让人空着手
随意流放
好的手能去捍国卫疆
好的手可使科技走强

晚霞涛声

环球多灾难，不能逼人轻着装
任性空囊
民富能推出兵强马壮
国强可挺进高空远洋

2000 年 3 月

不要为我打上句号

不要为我打上句号
在我跌倒的时候
我会从倒下的地方站立起来
治愈好被创伤了的心灵皮肉

不要为我打上句号
在我退出职场的时候
我会重操壁上的犁锄
耕耘出晚霞中的红花翠绿

不要为我打上句号
在我重病了的时候
我会坚强地对抗病魔

战胜那擅长勾魂夺命的阴曹地府

不要为我打上句号
在我临近升天的时候
我会自豪地挥手告别人世
把战旗交给爱国亲民的战友

不要为我打上句号
不论在什么地方什么时候
因为我们唱的是同一首国歌
因为我们走的是同一条道路

不要为我打上句号
不论在任何地方任何时候
因为我是紧跟着大我中的小我
因为小我的灵魂始终在伴随大我共舞

2001 年 1 月

晚霞涛声

祈　愿

自然的春天一年一度地把天地改头换面
小草小花小鸟小民才能结伴露脸
自然的春天极易消逝，令人扼腕
种种灾难又会一年又一年地重演

自然界里的人间没有永远不去的春天
人间永远摆脱不了酷暑苦寒
难道人间永远要受陈规旧习的摆布
为什么人间不能创新出一个永远的春天

想象着　　不是鸟鸣才能告别冬寒
寄情着　　不是花开才能迎来温暖
盘算着　　不是草绿才能改变冻土
追求着　　不是南风才能吹薄衣衫

祈愿世界能创新出一个永远不去的春天
让不分四季的温暖消除酷暑苦寒
寄望能和谐出一个永远是春天的世界
让小草小花小鸟小民永远欢乐在一个美丽的庄园

2009 年 3 月

望 海

海水像一面无边的大镜
张帆的船在游
划桨的舟在走
奔驰的舰艇在浪里推波逐流
阳光在海面上悠悠地漫步

海岸是检阅大海的平台
有闲的游人在欣赏
缠绵的情侣在诉肠
盼归的船女在遥望
追星的歌手在练唱

这是一个万物的海
这是一个人类的海
这是一个生命的海
这是一个亡灵的海

海的脸面包罗万象
喜怒哀乐应有尽有
海的脾气变化无常
每个动作有喜含忧

晚霞涛声

我望着海的温情
呈现的是欢容
我见到海的怒吼
受到的是惊恐

我望着海的内涵
沉淀着无数的劫难
那里尚留下无数的忠骨
历史的真实画面在海底展览

我想着自己的历程
正在把跌宕起伏的人旅走完
我亦会将骨灰之躯
投去海里为正义而死的忠魂陪伴

岸上的英雄豪杰们与我一样
向着汹涌澎湃的海浪誓言
如果海妖胆敢侵犯海疆国土
我们必然会舍身一战
海里的忠骨联结着陆上的钢铁长城
定叫那侵略者有来无还

是我们的东海南海
海妖不要打错了算盘
望海的人不会拿别人的一针一物

望海的人要的是还我钓鱼岛和九段线
望海的人不会要别人的一汤一粥
望海的人要的是维护岛礁的主权

海的演变
记载了海是万物赖以生存的源泉
海的恩怨
证明了海是一部落实善恶的经典

2010年5月

何愁　何怨

池塘边的草
会被漫过堤岸的雨水深掩
山坡上的树
常被狂风暴雪折断
皇亲国戚的风光
总在改朝换代时被腰斩
富翁穷人的未来归宿
最后都是一堆枯骨、无贵无贱

晚霞涛声

天让我乘上一艘颠簸的海船
幸运地抵达了人生的彼岸
深感一帆风顺的运气
不会赏给每一个烈女好汉
夕阳时能够享有些许晚福
尚有何愁
黄昏前能够身披一片晚霞
尚有何怨

何愁——
愁日月星辰的职场有着门坎
志士受到束缚、阻拦、捆绑、局限
无能去驱尽迷雾、昏暗……
何怨——
怨万物之灵的人类中
有人怀着权欲,走不出贪婪
让人民深陷贫困、苦难、恐怖、战乱……

2011 年 5 月

晚霞涛声

回眸的夕阳
照红了蓝天的朵朵白云
让和风吹出了多彩的缤纷
在高空自由地舞姿弄影

招手的夕阳
泼红了江河海洋和原野园林
促天光水色交相辉映
重彩出江山一统的美景

漫步的夕阳
扬红了长征中的高山峻岭
使光环盘绕在巅峰绝顶
伟大着舍生取义的脚印

爱心的夕阳
送红了基层草根的心魂
安宁着明月慢出前的黄昏
预示了明天晴空万里的憧憬

夕阳的回眸、招手、漫步、爱心融合成晚霞
晚霞婉约地向万物示爱和倾情

晚霞涛声

晚霞凸显了告别人世前依恋不舍的心境
晚霞亮开了万物和海洋不平静的生平

万物在晚霞中感动了
怀抱着希望倾诉了苦难的历程
海洋在晚霞中动情了
抛洒着眼泪激扬起复杂的涛声

万物的倾诉事出有因
海洋的涛声富有特征
它们——
讲的是家仇国恨
诉的是穷途厄运
求的是透明公正
吼的是不义不仁
它们——
喜的是担当使命
欢的是好运顺境
想的是富国强军
望的是无贫和平

夕阳晚霞聆听了正义的涛声、争鸣
奋力砥砺前行,将不断推出余热光明
涛声、争鸣迎来了夕阳、晚霞的回应
坚信明天的航程会始终一帆风顺

历史见证——夕阳和晚霞不是刀光剑影
它关爱、智慧着人
事实精准——涛声和争鸣不是鼓角惊魂
它警世、清醒着人

2011 年 9 月

低　　处

低处
生命都从这里走出
低处
河水都往这里奔流

人民其所以能成为伟大
缘由人民能为低处的芸芸众生出手
河水其所以能汇成大海
缘由河水都流向不平的低处

人要知道百姓的疾苦
得向低处走
水要把低洼填成平地

晚霞涛声

得往低处流

大海落户在低处
得众水故能永远不干涸
士人身心在低处
为众生故能被众生推为众民之首

自低处长征
二万五千里成了走向辉煌的路途
从低处出发
改革开放的举措莫不是为人民造福

2012 年 10 月

加入超越的战斗

春天,人看着新芽超越旧绿
夏天,人感受热忱超越春暖
秋天,人目睹果实超越花朵
冬天,人期盼换季超越苦寒

超越,才有出路

超越，才可乐观
超越，才能战胜
超越，才会美满

人在缺失里勤劳了几千年
靠加餐取热，用添衣取暖
有了这些
天灾仍然不断，人祸依旧难免

人只有加入超越的战斗
奋蹄沙场
展翅蓝天
人才能摆脱黑暗，苦难
欢笑在——
永远开花结果的乐园

2012 年 10 月

晚霞涛声

需要明灯，喜欢慧眼

人们走过万水千山
从年轻跋涉进老年
有人问——
现在最需要的是什么
什么是最最喜欢

一些老人众口一辞
需要的是明灯——
亮开夜晚的明灯
喜欢的是慧眼——
照明白天的慧眼

为什么答卷如此简单
原因是明灯能照亮黑暗
明灯指点了风险
来由是慧眼能识别忠奸
慧眼挖出了贪婪

2012 年 12 月

第二辑 轻扬的心魂

不要再让他——

他是一个普通家庭的儿女
不要再让他继续遭遇人为的苦难

他是一个经历过战争的热血青年
不要再让他的祖国再次受到侵犯

他是一个追求美好未来的无业者
不要再让他的家人为生活泪流满面

他是一个跑过一些码头的打工汉
不要再让他的亲朋好友因他的标记受到牵连

天下像他这样平平凡凡的儿女很多
都有共同的心愿

希望走过相同的道路的幸运者
多一点友善
多一点前瞻
少一点冷眼
少一点成见

为着共同的祖国的富强

需要国人竭力作出贡献

为着共同的中国梦
需要国人都勇往直前

为着多贡献早圆梦
更需要轻装上阵没有任何羁绊

2013 年 2 月

人类不要战争

一

人类为什么要战争
水源枯竭向人类示警
气候变化已发出威胁
…………
人类为什么要战争

人类不要战争
但战神逼着人类去拼命
要彻底消除战争

只有消除战争的源头——战神

二

花朵要献上色彩
树木要聚成森林
鸟儿要唱出美声
…………
人类为什么要战争

人类不要战争
但战争逼着人类去伤生
要彻底消除战争
必须制服支持战争的后勤——财神

三

资源已报告行将告罄
生活质量将落入险境
物种出现了灭绝
…………
人类为什么要战争

人类不要战争
战争逼着人民群起抗争
要彻底消除战争
只有对抗战神和财神——
它们的胡作非为，霸权行径

四

国家要主权、独立
民族要尊严、生存
人民要幸福和平
…………
人类为什么要战争

人类不要战争
战争逼着人类励志消除战争
只有超越，全面地超越
才能把战神、财神等等恶魔——
扭送正义的法庭

2013 年 2 月

无 谜

一

鲜花失色凋谢成了谜
大树减少年轮成了谜
草原失掉宽广成了谜
江河缩短流程成了谜
天空缺乏色彩成了谜
日月无故变脸成了谜
土地不堪重负成了谜
万物搞坏气候成了谜
人间天定贫富成了谜
…………

太多的谜
成了平民生活中的难题
难题成万上亿
几千年来难以得到解决

二

幸有自然演绎
乍见斗转星移
笑迎来冬风不再凛冽

喜看到春光打开封闭

历史的面目现出原形了
一件事一句话不再是秘密
事实的真相大白天下了
一段戏一个底都袒露无遗

天透明了
万花万草来年再生
不怕萎缩凋谢
地担当了
万物万众生息有序
不愁生老病死无依

三

烟云缭绕
山河献出美丽
四邻和谐
人际每多乐趣
得到了一个无谜的世界
怎能不感受到大有作为
进入了一个真情的场景
怎能不狂热得皆大欢喜
有了这样的佳境

平民欢声笑语不绝
得到这样的天庭
百姓歌舞升平谢恩

四

但，谜了的世界十分迷信
趋之若鹜有如夫唱妇随
但，世界上的谜叶茂根深
很难完全除尽遂意

谜是奥秘
完全解谜，没日可期
谜无边际
完全解谜，近期难及

要得到良方——
需要走出国境
把黑暗处的光明寻觅
要治好痼疾——
应该联合环宇
用智慧顽强战斗不息

2013 年 3 月

改天换地

心房是用来判断善恶作出决定的
大脑是用来区别是非筹划对策的
双手是用来执行决定力争奉献的
双脚是用来践行对策夺取胜利的

把这些运用得恰当
才会达到目的
把这些运用得精准
才能改天换地

2013 年 3 月

我写诗歌　诗歌写我

一

我写诗歌
诗歌写我
诗歌是一座高山
高山的巍峨就是诗歌

我写诗歌
诗歌写我
诗歌是一园花朵
花朵的和美就是诗歌

我写诗歌
诗歌写我
诗歌是天宫的月亮
月亮的风情就是诗歌

我写诗歌
诗歌写我
诗歌是夜空的星星
星星的闪亮就是诗歌

二

我写诗歌
诗歌写我
诗歌是我的人生
述说人生的起伏升降就是诗歌

我体验过正负命运的生活
曾取得受到赞扬的成果

也曾遭受指为过错的折磨
剖析正负两面的美丑善恶都是诗歌

我参加了正义的战争
今天是功昔日是过
是好是歹任人评说
拥有正义真理的就是诗歌

我投身于一场特殊的斗争
沾上了一场横祸
昨天是错误今天是正确
凡是正确的论说都是诗歌

三

诗能被谱成曲
歌能演唱广播
既有节奏又美音韵
能谱曲歌唱的可成为大众的诗歌

诗能朗诵
歌能解脱
既舞心灵又表意境
喜闻乐见的才是底层草根的诗歌

比阳春白雪更受专宠的新诗
常被平民百姓束之高阁
比古诗古词更隐晦难懂的舶来品
更被有文化者惧读徒叹奈何

比下里巴人更接近大众的新诗
常被高居诗坛上的贵客奚落
比舶来品既传统又带韵的新诗
更被满腹外学的里手视为糟粕

这些情况
反映了什么
什么是诗歌的方向和本质
争论不休,各自著书立说

这些现象
需要调和
调和成既传统又创新的诗作
使中国特色的新诗成为主角

我写诗歌
诗歌写我
祖国必须更加富强
诗歌应是烧向世界万恶的一团烈火

我写诗歌

诗歌写我

民族必须更加兴旺

诗歌应是处决人类罪犯的一束绞索

四

我写诗歌

诗歌写我

我是人民

我向人民学习创作诗歌

我与人民的诗歌为友

向往未来，志同道合

我们一同遨游大地

与山水花草万物携手，共舞同乐

我与各类传统诗歌融合

追求美好，互补互学

我们比翼飞上蓝天

向日月星辰宇宙万象，求索闪烁

我写诗歌

诗歌写我

我只有一个祈求
理解宽待诗歌，解脱舒展自我

2013 年 5 月

我愿做这样的学生

我始终是一个学生
在人生考场上我必须面对考题答问
考题有问答、填充、选择、作文……
问答、填充不需太伤脑筋
作文尚有自由发挥的余地
选择的对或错都不能由自己定论

我对问答填充觉得受到了一些限制
我对作文尚可自由发挥表示赞成
我对选择的对或错由他人摆布
常感违心，被迫从命，生发苦闷

如果已经太热
被逼迫去选择曝晒

晚霞涛声

那会是什么形色

如果已经太冷
被逼迫去选择寒冰
那会是什么心情

如果已经肥胖
被邀请去选择暴食豪饮
那会是什么场景

如果已经瘦弱
被强推去选择贫穷肌饿
那会是什么命运

我始终是一个学生
苦于在人生考场上必须面对考题答问
我愿意做一个远离被选择的差生
远离了被选择才能展示禀赋极尽本能

我愿意做一个这样的学生
前进的道路由自己选择决定——
把学问落实在可以自由选择的人类精品
以本能实用在可以为国自由奉献的环境

2013 年 7 月

实现梦想

一

打开自然的天窗
兰花、三角梅、……踊跃地出场
挺挺的枝干向上
青青的叶芽朝阳

打开自然的天窗
兰花、三角梅……披上了新妆
绿叶轻轻地飘扬
花蕾徐徐地膨胀

和风从几千里外吹来
阳光助力花蕾含情地绽放
雨露从九霄云外下降
花的世界是冬后春的形象

二

打开国人的门窗
看到了百家迎着春花亮相
目睹着万舟竞发风帆齐张

晚霞涛声

国人的千万梦想毅然登场

打开国人的门窗
看到了创新园地一片兴旺
目睹着万物正茁壮成长
万里江山争春的斗志昂扬

祥风从四面八方吹来
国人的前途一天比一天亮
暖阳在蓝天高空送暖
美好的生活一年比一年棒

三

只要坚持向着阳光
只要紧紧连着土壤
只要四处引进营养
只要竭力积累能量
只要决心创新远航
只要矢志实现梦想
漫漫道路定会呈祥
泱泱复兴必然辉煌

有朝一日国力登上绝顶
霸权丧胆收敛锋芒

不敢任意剑拔弩张
自然会退出别国的陆地、天空、海洋

理性包容如花的芳香
软硬实力似绿的超强
自然会平息战鼓敲响
相信能制服使刀动枪

尽管征途艰难险阻
纵然道路不平漫长
和平发展有了保障
梦想成真易如反掌

2013 年 7 月

改 变

一

炎热烧遍
酷冷下凡
都没有定规定时定点

不惧火山点燃
不怕大地冻瘫
只要坚强应对，就能平安

二

烈日寒雪经常发难
只有对它们报以勇敢善战
它们才会撤退
它们才会收敛

坚持战斗吧
苦在今晚的黑暗
乐在明天的温暖
战斗不息，会把命运改变

2013 年 8 月

第二辑 轻扬的心魂

泪水长流，掀起巨浪

在寒冬里，
期待暖阳。

在闷热下，
盼望风爽。

在青春中，
吟咏月光。

在阳刚时，
泛滥幻想。

要改天换地，
穿上了戎装。

要打败敌人，
冲锋在战场。

为人民幸福，
力争提高生活质量。

晚霞涛声

为世界和平,
追求着人类的解放。

但天灾人祸,障碍太多,
通向幸福和平的道路难得顺畅。

带着还未治愈的外痛,
又蒙受不该有的内伤。

有人欢喜,有人断肠,
占据深心的是迷惘。

不管怎样,需要斗争,
斗去贫穷和满目凄凉。

没有消沉,总在渴望,
望到了整顿和改革开放。

抢呀,抢呀,
抢回了失去的时光。

争呀,争呀,
争到了民富国强。

晨曦中

一些梦想成真，呈祥。

晚霞里
许多尖端出世，辉煌。

惜乎人的生命有限，
深感道路十分漫长。

怀着对国事的忧患，
难关闭黑色的眼窗。
陆地上，水宫里有多少志士的遗骸
仍然在凝思、静想、渴望……

他们为着身后的祖国的安康超强，
不断地长流泪水，掀起战斗的巨浪。

2013 年 8 月

晚霞涛声

战马老了

逐渐地
快动作迟钝、滞后、笨拙
逐渐地
慢节奏散乱、离谱、生疏
往事——
青春活力　马术马步
悄悄遁去
往事——
奔腾跳跃　战功业绩
不再突出

曾经跋涉过雪山恶水
遭遇的险阻　不计其数
曾经征战在沙场边陲
面对着死亡　置之不顾

驮着将军指挥　气势神武
驮着勇士战斗　必胜无输
驮着枪炮上阵　不会摇头顿足
驮着军饷入库　不会乘机贪腐
对主人的意愿
密切配合　步伐进退轻舒

对主人的目标
准确到位　出蹄利索娴熟

骑手需要超强的体力
还必须深知骑手的神思心路
骑手需要灵敏的速度
还必须明了骑手的策略计谋
为了事业的成功
坚定不移地合着驾驭者的节拍
起伏
为了生活的美好
五体投地地力挺工农们去追求
富庶

逐渐地
少去了连续的劳作苦役
逐渐地
没有了长途的晚行夜渡
想想——
失去了超强的体力……
轮到了下岗——
依恋地脱离了战斗的队伍
想想——
没有了灵敏的速度……
落入了靠边——

晚霞涛声

　　平静地走向那最后的归宿

　　一生留下了什么——
　　四个马掌和皱皮包骨
　　那金银财宝，古玩别墅……
　　囊空如洗　一无所有
　　临终的忆念是些什么——
　　远方、版图
　　那陆地海疆的东南西北
　　都能识途　方位无误

　　暮年到了
　　战马有一个祈求
　　国土——一丝一毫都不能丢
　　战马祈求——
　　在来者后世的心脑里
　　能够把贫、弱、败、辱、盲、愚、
　　贪、腐……的字儿清除
　　不再让类似甲午战败丧权辱国
　　的殇思和南京大屠杀
　　的血泪重复出现在史书
　　寿将终了
　　战马有几句留言
　　国运——岛链锁不住　铁甲能飞渡
　　定会领跑在一条走出战争挺进复兴

的新路
战马留言——
在生命的时钟停摆后
能让灵魂的嘶鸣
亲和地为《义勇军进行曲》
伴唱、起舞

2013 年 12 月

隐匿、透明

花靠绽放,展现花的美丽
鸟靠鸣放,张扬鸟的宏论
树靠落叶,再塑树的青春
海靠波浪,显示海的功能
灯靠点燃,奉献灯的光明
人靠敞开,壮阔人的胸襟

世界上的一些事物
都在各显所能
都在表现本领
都在隐匿透明

晚霞涛声

看得见的一切都是现象
看不到的是真实的心魂

有人推测
隐匿的会下沉为牛鬼蛇神
有人赞扬
透明的能上升为日月星辰

2014 年 6 月

野草的观点

这世界上的万物都在追求和平发展
人类，为什么沉醉于霸权、强占
这世界上的生命都愿共享财富资源
人类，为什么走不出战争掠夺的怪圈

是制度、贪婪构筑了贫富高悬
是霸权、战争制造出生灵涂炭
人类必须向上向善，无私无贪
人类必须秉公奉献，杜绝权奸

要像山，不屈膝金钱
要像箭，不回头专权
要像水，不倒流回灌
要像天，不墨守不变

做到彻底地仁政，才能无叛
做到彻底地法治，才能无冤
做到彻底地脱贫，才能无偏
做到彻底地共富，才能无乱

对观点，应该是不设限
说观点，要敢为天下先
世界上的是非善恶，众说纷纭
真理只有一个，出自历史检验

这是野草的观点
更是野草的祈愿

2014 年 10 月

晚霞涛声

怎么办

睥睨天下，一个人出生后
就要维护人权

驰骋世界，一个人入世前
必须备足枪弹

为国作奉献，经营在人间
命运得用纸笔致远

为民求福祉，运行在全球
生存要靠刀枪美满

国家必须是文武双全
才能战胜世界的人为的灾难

民族一定要软硬齐飞
才能斗赢全球的顶尖的霸权

2014 年 12 月

清白无辜的海

海——
是一盘长智的棋
是一首学唱的曲
是一页浪漫的诗
是一部不老的书
是一颗跳动的心
是一幅动态的图
是一篇真理的言
是一地生命的母
是一脸柔情的笑
是一盆可燃的油
是一串强加的斗
是一腔血泪的忧
…………

海——
让人随意地品读
任人自由地畅游
海——
永远清白无辜
面对霸权说不

2014 年 12 月

晚霞涛声

海　殇

海浪带来了弹药的气息
飞鸟传达了枪炮的音韵
我注目大海不远的方向
军演的战鼓正杀气腾腾

海上游弋着无数的舰船
水下埋伏着不少的潜艇
我注目海面变脸的颜色
不祥的征兆在向人示警

海滩有尽情戏水的儿女
水中有忙碌觅食的鱼群
我注目生命在追求美好
寄希望海上不爆发战争

可叹人类中有霸权军国
可悲海战下有沉船冤魂
我注目天空的日月星辰
期盼能制服残暴的战神

2015 年 3 月

离 骚

太阳
不要强照
人们的心扉快要烤焦

月亮
不要冷峭
人们已肩负沉重的苦恼

套上锁链系着桎梏
向上的群鸟飞不高
攀登的车轮快不了

和风
徐徐地吹吧
舞动那轻拂脸面的柔情的柳条

细雨
蒙蒙地下吧
把亮丽的粒粒水珠挂在苗芽树梢

乘着仁恕的和风
去实现远大理想的目标

晚霞涛声

    让灵犀走进人们的心窍

    迎着重才的喜雨
    清洗偏见的阻挠
    让能工巧匠挥洒风骚,加速赶超

    迸发睿智了
    在抗衡霸权的征途上
    必然会出招创新、创造发明、战胜风暴

    砥砺奋进了
    在和平发展的筑梦中
    一定能彩绘出祖国江山更加的美好

2015 年 7 月

第二辑 轻扬的心魂

崛 起

一

道路漫长
目标遥远
一地受过伤害的风
把他呐喊
一天被刺痛了的光
把他召唤

风把他呐喊去了海岸
他看到了长达千里万里的岛链
岛链妄想把风阻拦、截断
光把他召唤上了高山
他目睹了重峦叠嶂中隐藏飞弹
飞弹图谋把光打暗、腰斩

多少年后,风的创伤愈合了
他乘风游去了红色的九段线前
但见那里的主权受到挑战
多少年后,光的黑斑消除了
他驾光飞上了蓝色领空的云端
但见那里的空防设施稍欠

111

多少年后,他再游近海荡进远洋
他发现,岛链横施淫威的日子一去不返
风穿越了岛链
多少年后,他再上高山直冲霄汉
他发现,潜伏在阴暗处的飞弹优势大减
光超越了飞弹

二

道路漫长
目标遥远
一地伟岸的风
把他呐喊
一天壮丽的光
把他召唤

他坚信
和平的风
必能吹艳万国的花苑
他倾情
发展的光
定会画美人间的桃源

三

为什么刚强的风越吹越红鲜
他发现，一地的风
曾遭受血海深仇的
侵占、屠杀、苦难、考验……
如今，风的大地喷薄无限生机
春意盎然

为什么明亮的光越照越灿烂
他发现，一天的光
曾充满生死存亡的
哀怨、沉冤、忧患、悬念……
如今，光的天空，和颜更添悦色
声誉赫然

2015 年 9 月

晚霞涛声

叶 子

一群翠竹守疆护土
它们的故事曾被歧视
经历了热风寒雪
故事的真情鲜为人知

幸有一群齐天大树
抚育出了侠义的叶子
它们担当起使命
把翠竹本来面目宣示

为着光大一页中华的历史
时代高瞻起仁智
为着关爱一群翠竹的奉献
民间勤送了福祉

喜闻春风多情
众鸟唱响了歌子
乐见海洋包容
众水东流不停止

岁月悠悠
叶子吟诗

当今世界布满刀枪
筑梦定要不忘国耻

长路漫漫
叶子填词
目前全球难断战火
复兴还需正义之师

2015 年 12 月

晚霞涛声

樟树和龙草

樟树结识了龙草
远看,它的形象更高大、英俊、丰满、精神
龙草寄生在樟树枝桠的怀抱
近观,它的藤蔓更青春、灵秀、敬业、茂盛

一年、二年、十年、二十年……
在漫长的峥嵘岁月里相互支撑
樟树包容,龙草展能
它们共同起飞了和谐、稳定、战力、愿景

六国重才,接纳了苏秦,用合纵摆平了西帝强邻
汉王举能,启用了韩信,把西楚霸王逼退到乌江自刎
得人才者治天下
得民心者享太平

受到大自然的养育
地球才有万物、生命、子民
得到人民全力支持
政权才能永固、升平、长存

樟树顺天知命,善待了龙草
龙草知恩报答,施展了才能

智者应仗义行仁，得容人处且容人
王者，要勇担人类使命，促世界更新

2016 年 7 月

夜思南海

一

夜里
万物都在安静中
只有江河在奔流
但见南海在汹涌

江河白天跑步前进
跳进夜里依然神勇
它们向往南海　不辞劳苦
它们支援南海　不顾伤痛

南海与江河世代相连
它们长期融合　相亲相拥
南海与江河同属一家
它们共祖同宗　生死相从

二

夜里
万物都在安静中
大山的思想却在波动
思想着域外的暴力在南海秀雄

南海九段线内魔影重重
霸权滥用假公济私的航行自由
帮凶粉饰暗占偷吃的虚假卷宗
阴谋再使大山蒙受蚕食鲸吞之痛

江河、南海、大山同仇敌忾
江河奔流冲锋
南海自卫筑梦
大山帷幄运筹　气度从容

三

何日江河功成——
打退霸权的搅局、进攻
何日南海永固——
不失一寸土、一滴油
何时大山含笑——
彻底卸下历史上奇耻大辱的沉重

夜思南海
欲见明天的南海无魔无恐
怎可不力使国力科技超越枭雄
镇住霸权　制伏帮凶

夜思南海
要使"一带一路"畅行无阻
岂能不走上伟大梦想的征途
实现近邻远舍和睦，人民天下一统

2016 年 7 月

超越

现在起步，志在超越——
国家兴亡，民族自尊……
人民福祉，科技创新……
文化传承，道德文明……
反霸抗灾，圆梦复兴……
这些挥之不去的思绪
在心上脑里翻腾
这些催人自强的夙愿

晚霞涛声

牵动着每根神经

道路漫长,志在超越——
见到一片草原,逢春昂首吐青
见到一山大树,遇阳送氧放荫
见到一窝蜜蜂,直奔花丛芳心
见到一群候鸟,展翅万里追寻
这是万物自然的展示
这是生命奋起的长征

高山峻岭,志在超越——
怎能不见难勇上
怎能不登顶揽胜
怎能不再出发再起步
怎能不再拼搏再斗争

近海远洋,志在超越——
面对近海的岛链
一定要使其失能
面对远洋的封锁
一定要打通畅行

昨天苦战贫困
事已基本告成
今天力争超越

重在事业有成

明天飞天翱翔

情系普度众生

超越啊!

只有超越,才能全面克敌制胜

超越啊!

只有超越,才能赢得持久和平

超越啊!

只有超越,才能实现民族复兴

超越啊!

只有超越,才能绘美人类命运

2016 年 7 月

放下心来吧

岁月匆匆地流逝了

皱纹密密地布满额头

斑点蜂拥在面颊了

生命将会止步在陵墓

晚霞涛声

不要因之伤感——
纵然往事跌宕起伏
也不可把自己推向不堪回首
不要因之悔恨——
哪怕被误导曾走进过歧途
也不要让过失左右了宏伟的追求

应该引为自慰——
战士的壮志已落实在子孙追梦的心头
应该充满乐观——
老兵的精气已支撑起后代夺魁的宏图

生命可以重复
弄潮儿的历程将会再现在子孙的战斗
青春可以延续
奠基者的业绩定能成为后代必读的宝书

国家富强了，战力超群了
须眉男尚有何忧——忧今后平民的忧
海疆巩固了，主权维护了
巾帼女尚有何愁——愁未来草根的愁

放下心来吧，子孙们会为老百姓解忧
过来人应该点赞当代的中华儿女
是他们绘制的路线图让河山锦绣

放下心来吧,后世人会为贫困者消愁

过来人应该去启动晚霞下蹒跚的脚步

让双足走好最后一程路

2016 年 8 月

需要王者仁人

没有翅膀的也会飞

如风——

驾着浮云在天空奔驰纵横

没有手脚的也会走

似水——

在漫长的道路上把坑坑洼洼填平

没有光明的地方也会经营

像根——

在黑暗中吸吮养分为枝叶供应

没有蛮力利爪大嘴长牙的更会战斗

是人——

人把万物降伏得屈膝归顺享用一生

饮恨人类中的霸王强人……

更加擅长自相残杀，丧失人性
用机舰枪炮……制造暴行
上演着让无辜平民百姓——
落泪、流血、离散、逃亡、伤残、死难的悲情

痛陈在世界上称霸的是人中之人
在地球上杀人最多的也是人中之人
史书上血迹斑斑
能了解到谁最无情
看得出来谁更残忍

时代需要王者
渴望人中的豪杰志士
如风，雷厉风行
把凶神恶煞捉拿严惩
把霸主恶棍生擒伏刑

时代需要仁人
渴望人中的义士仁人
似水，水到渠成
把沉疴痼疾消除干净
把道德文明大幅提升

2016 年 8 月

也说打脸

历史上出现许多种打脸
出现过打好人的脸
出现过打坏人的脸
打好人的脸的人没了脸
打坏人的脸的人也未必不遭冤
究竟怎样使用打脸和对待打脸
既是个难题不好办
更是个应该怎么办就怎么办

为正义而被人打脸
好比乘上了游船
为正义而被人打脸
好比登上了山巅
为正义而被人打脸
好比是飘飘欲仙
为正义而被人打脸
好比是悠悠飞天

为真理而被人打脸
仍然一往无前
为真理而被人打脸
照旧是眼笑眉展

为真理而被人打脸
心情十分坦然
为真理而被人打脸
灵魂入了涅槃

打吧
打好人的脸
小心
打脸的人没了脸面

打吧
打好人的脸
小心
打脸的人丢了饭碗

打吧
打好人的脸
小心
打脸的人成了罪犯

打吧
打好人的脸
小心
打脸的人遗臭万年

要打脸
就应该打恶人的脸
打得他脸面无颜
要打脸
就应该打罪犯的脸
打得他戴上铐链
要打脸、
就应该打战神的脸
打得他收起枪弹
要打脸
就应该打霸权的脸
打得他不敢挑战
要打脸
就应该打权奸的脸
打得他不敢弄权
要打脸
就应该打走狗的脸
打得他不敢乱舔

要打脸
就应该打贪官的脸
打得他吐尽赃款
要打脸
就应该打邪教的脸
打得他不敢诈骗

要打脸

就应该打色狼的脸

打得他双腿发软

要打脸

就应该打野鸡的脸

打得她回头是岸

要打脸

就应该打投敌的脸

打得他惶惶不安

要打脸

就应该打闹独的脸

打得他心惊胆颤

人人都要脸

要严防打好人的脸

才能发扬光大好的脸

人人都要脸

要狠打坏人的脸

才能迫使他换上好脸

酒香致醉的人们

朦胧了双眼

常常误打好人的脸面

温暖到手的朋友

丧失了远见

常常造成历史的遗憾
树立王者风度
打造仁人情怀
这世界才能一副悦色和颜
不让小人得志
任性为非作歹
这人间才能得到幸福美满

2016 年 11 月

不能投降

霸权——
不都是拳凶脚狠
也有舞笔弄文
不都是暴力行径
也有金钱诱引
不都是电闪雷鸣
也有酒色财气
不都是军演震慑
也有借刀杀人
…………

晚霞涛声

现实——
不能向霸权投降
也不能去无谓硬拼
既要斗勇又要斗智
才能避免无谓牺牲
昔日伤疤长留身心
要永记丧权辱国的教训
绝对不能放弃主权
才能绘美愿景，实现复兴

人生——
常在十字路口徘徊
希望有个好的命运
道路上一个个陷阱
敢冒风险才能奋进
没有好事可以坐等
更无施舍能够长存
不向逆境黑暗投降
拼出光明才是上人

2017 年 1 月

被选择和自我选择

不是战争年代了
鱼虾被选择去沙漠抗旱
雀鸟被选择去大海下潜
鱼虾雀鸟牺牲了
沙漠大海也免不了汗颜伤感

已是和平发展了
鱼虾自我选择去力挽狂澜
雀鸟自我选择去展翅巡天
鱼虾雀鸟牺牲了
人间天上都一齐吊唁点赞

应该这样认识了
要使被选择与自我选择都心情陶然
要让自选与他选摆上桌面倾心洽谈
当矛盾化解一致起来了
这个世界在群策群力下定会更快发展

2017 年 8 月

晚霞涛声

自　信

当黑暗突然入侵的时候
正义点亮了油灯
当灯油用尽熄灭的时候
正义燃烧起曙光必定到来的信心

正义用自信之心
迎来了不战退黑的光明

2017 年 8 月 29 日

注：印军 2017 年中旬入侵我国洞朗，中印对峙。2017 年 8 月 28 日下午 14 时 30 分许，印军及设备撤回印方境内一侧，对峙解除。

含泪、流泪……

《战狼 II》的放映
剧情简明，谈不上新锐
事实有据，更没有诡谲
它废除了好莱坞的乖戾离奇
受到了观众的嘉许

它刮起了爱国新风
动人肺腑，振聋发聩
票房价值成千超亿

有多少观众曾为国家的危难
——双眼含泪、流泪
有多少观众曾为民族的生存
——暗自痛苦、洒涕
有多少观众在为人民祈求
——福祉快快降临
有多少观众为美好的未来
——日夜砥砺奋进

昔日
战火纷飞，民不聊生
国家受辱，山河破损
甲午之败，抗日战争……
外患，成了人民难解的心结
内忧，一年比一年米珠薪桂

今天
从贫困到富裕
从衰落到振兴
香港澳门回归
四境边陲，日趋安宁
国力日增，走向登顶

晚霞涛声

悲愤的泪
告慰了祖先黄帝的英灵
喜悦的泪
祭奠了祖国山河的先烈

有这样多的广大观众
有如此多的悲喜眼泪
化成战力,何愁国耻不雪
化成战力,何愁岛礁不归
化成战力,何愁堡垒不克
化成战力,何愁霸权不坠
化成战力,何愁对峙不退
化成战力,何愁复兴不遂

让泪花开遍原野
结成果实累累
用龙种撒进泥土
在中华大地永显神威
让龙的精神弥漫环宇
融入云霞齐飞
用其风情伴随万物
在海洋天空展示祥瑞

2017 年 8 月

王者归来

国家要长盛

民族要自尊

文化要传承

科技要创新

道德要重振

团结要亲民

合作要互赢

世界要和平

…………

万民祈望能够脱贫

万国期盼没有战争

…………

万民祈望升级宜居的环境

万国期盼地球的美好永存

…………

在万民的祈望中

霸权岂能长期示强，任性横行

在万国的期盼下

王者自然能够归来，应时而生

2017年9月

话贪腐

一

历史舞台经常上演丑恶的戏曲
曝光了人类可耻的贪腐
严重的罪行一幕又一幕
无数人成了贪腐的俘虏

没有哪个国家完全杜绝丑行
没有哪个政权彻底根除贪腐
贪腐遍布世界城镇
成了世代相传的毒瘤

贪腐像斩不尽杀不绝的莠草
这里此时铲除了,那里彼时又会复出
贪腐像一窝繁衍特快的白蚁
巍峨的宫殿也会被蛀成垃圾废物

多少圣贤口诛笔伐揭丑去恶
多少智士为打贪腐献计出谋
多少学者慷慨陈词痛心疾首
多少草根身受其害悲情投诉

都难以完全成功

或事倍功半或令止中途
纵使天公下凡雷厉风行
也难解国家民族的大忧

可怕的是为官的向贪腐投降
要命的是政权落入一帮黑手
国之兴亡，党之成败，人之贫富
莫不与贪腐相连挂钩

贪腐中有虎有蝇
更有沆瀣一气的内鬼狡狐
历史上的贤臣清官受限于官官相护
做不到彻底治贪，为全民造福

二

喜看今天的中国，老虎苍蝇一齐打
内鬼狡狐一起揪
一个不留，没有疏漏
布下天罗地网——国内通缉国外追捕

没有时限
永远上路
不获全胜

晚霞涛声

不把兵收

打得老虎苍蝇无处藏身
揪得内鬼狡狐原形毕露
打出了不敢贪、不愿贪、不想贪的局面
博得了草根们由衷的点赞欢呼

要防止死灰复燃
要根除罪孽复出
还需要继续使用软硬两手
筑牢不会贪腐的厚实基础

三

人本无好坏之别,恶从环境生
人本无善恶之性,欲自心中出
要铲除一念之差的土壤
美境洁心是必经之途

中国有优良美德的传统
中国有文明教育的宝书
既有楷模示范,又有制度约束
良药苦口的药方,才能治疗好贪腐

教育出不要不义之财的人
改变了见色想入非非之欲
心在国家，意在人民
万事从德，一切为公，自然会抗贪拒腐

美德在环宇遍布，法制在熊熊出炉
官由法定普选民授
权受上下左右监督
政治透明民主，贪腐自然无机可投

为官的执法是仆
为民的守法是主
为官的清廉，为民的坚守
两者合力护法，何惧为非作歹的大头

德育、法治、严惩……多管齐下
校教、社教、家教……八方帮扶
以德治天下人心服
良政无贪腐出幸福

2017 年 9 月

晚霞涛声

住手，霸权

没有屈膝的山
没有回头的箭
没有倒流的水
没有不变的天

春天，喜看新绿换旧颜
夏天，乐观万花齐放艳
秋天，收集果实成奉献
冬天，祈福未来超桃源

世界上有多少生命在追求美好，合力发展
霸权，为什么私利当头，祭起"伟大""优先"，
巧取财物金钱，豪夺侵占资源，
以致于丧失公平正义，贫富高悬
世界上有多少国家在和平相处，互不侵犯，
霸权，为什么走不出战争的怪圈，把平民
百姓往死里赶，生灵涂炭，
血染出人类自相残杀的悲惨

不行人道的
必然会激起反抗，陷入损人害己的泥潭
违背天理的

一定会走上穷途末路,日薄西山

住手,霸权
住手,霸权
住手,霸权
住手,霸权

不屈的人民是山
自尊的民族是箭
前进的国家是水
自主的创新是天

2017 年 10 月

旗帜和旗杆

和平时期
一面鲜明的旗帜迎风招展
雄姿英发　体态飒爽
它检阅着大地的风物
它接受了众生的仰望

晚霞涛声

有白云伴着舞蹈
有红霞亲着面庞
它继承了光荣的传统
追寻着熙天的阳光
它托起了一个一个凌云壮志
整合着一个一个的强国梦想

战争年代
一面正义的旗帜鏖战沙场
在枪林弹雨中冲锋陷阵
在危难关头时受命护疆
肩护着国家民族的生死存亡

有炮弹炸开　它高扬臂膀
有刀剑刺来　它袒露胸膛
胜利了　它权衡得失
冷静地评说短长
挫析了　它梳理教训
更坚定了信念理想

伴着旗帜的旗杆
与旗帜结成命运共同体
支撑旗帜　昂首飘扬
力挺旗帜　征战四方
有福同享

有难同当

旗杆认定旗帜是飞天的主宰
规范自己是助推翱翔的权杖
上升下降有唐尧虞舜之明
很懂得举贤禅让
旗杆崇敬旗帜是锦绣河山的统帅
定位自己是驰骋纵横的战将
悲欢离合有桃园中的刘关张之义
深晓创业一方

旗帜和旗杆
有一致的步调
有美好的愿望
追求和平是它们的矢志目标
制止战争是它们的共同担当
它们为一个时代守土卫国
道路的回忆闪烁着它们勇往直前的锋芒
它们为一个时代忘我献身
历史的诗画彩绘了它们顶天立地的形象

2017年10月

晚霞涛声

边沿坑坎

鸟儿的飞翔
花朵的鲜艳
流水的波浪
彩云的航天
都有边沿
都有坑坎

人也一样
生活多变
走的路都有边沿
一边是悬崖
一边是深渊
走的路都有坑坎
跌下坑,轻则筋扭腰闪
撞上坎,重则头破骨断

边沿是一条线
靠近,难免心惊胆寒
坑坎是一个关
遇上,可能踌躇不前

凭着信念、意志、智慧、果敢

善斗边沿

勇跃坑坎

向前,向前

路的两边将是平川

路的终端将是桃源

2018 年 2 月

资本的末路　民主的悲哀

老虎……

蛮横称王山头

权商……

撒钱入主天宫

老虎有坚牙、利爪、蛮力……

靠着天然的资本称霸称雄

权商用钱财、手法、计谋……

靠着虚伪的民主当上总统

它们在世界上

各显神通

把整个社会、自然界
搞得富的太富，穷的太穷

它们在各个场所
横行逞凶
把整个世界、地球村
搞得天翻地覆、负荷沉重

果实熟了
要让它们优先采摘，受用专宠
庆功会上
要让它们伟大突出，永远为首

生意亏了
要人让它们优先出牌、管控……
有逆差了
要人向伟大的它们补偿、朝贡……

要优先
它们启动单边、保护、强人顺从
要伟大
它们打响贸易战，向世界开火，全面进攻

搬起石头砸自己的脚
两败俱伤的贸易战只能是一场伟大的幻梦

强行制裁把自己也制裁了
损人害己的顺差牌夺不到优先的尤物

打贸易战是资本的末路
似潭死水，害得商船走不动
让权商当政，是民主的悲哀
如两手萎缩，苦得血液流不通

霸凌的贸易是帝国主义的行径
市场必然波起浪涌
人们必须清醒
在乱云纷飞中，应对要从容

多边、自由、合作、共赢的贸易
能够让人致富去穷
有共同规则、秩序的贸易
必然会使经济增长、繁荣

没有老虎的称王称雄了
自然界里的生命能一身轻松
没有权商的霸凌欺压了
人类的命运一定会美好幸福

没有老虎似的资本施暴逞凶了
大地上的万物都能把苦海安度

晚霞涛声

没有权商似的优先伟大、恣意妄为了
人类进军宇宙的事业一定会快速成功

2018年7月6日

依靠人类自己

不要完全依靠太阳
太阳不会出现在需要光明的夜晚
还得依靠人类自己制造明亮去驱尽黑暗

不要完全依靠天雨
天雨能够丰满水源也能疯狂泛滥
还得依靠人类自己避免天雨制造事端

不要完全依靠地球上的资源
地球资源毕竟有限,终将用完
还得依靠人类自己用科技去创新图变

人类必须依靠自己
要永远生存下去,应向宇宙扩展
用地球的财富建设天堂,求得永生、繁衍

停止在地球上掠夺、杀戮吧
人类的前途仰赖智慧和远见
需要的是齐心合力
敢去无边无际的遥远，征服自然

2018年5月

天公举旗　朝阳升空

众鸟用翅膀飞向了天空
恶虎用蛮力威慑着群雄
虎霸狂叫自己伟大优先
图谋迫使众生向它朝贡

看不到人心向背
不愿让制度不同
一厢情愿　讹诈恫吓
制裁动武　唯利是图

但见天公举起义旗
敞开胸怀放声一呼
众鸟飞来簇拥

晚霞涛声

群雄揭竿相从

时代不同了
看天下谁主沉浮
朝阳升空了
向大地倾情送红

2018 年 9 月

记忆不会消逝

一

江河
日夜起舞不息
一波春水奔流不回

长风
连续不断劲吹
扫落无数大树绿叶

大地
横遭拳打脚踢

苍茫国事翻滚诡异

天空
雷电更兼骤雨
淹没了无数英雄好汉的业绩。

二

曾跋涉千山万水和咽下树皮块根
起死回生，染红了人间一切
留下了艰苦建国、创业的回忆

回忆不会消逝
设计了改革开放的伟大转移
创建出一个又一个的奇迹

记忆不会消逝
新时代来临，壮怀激烈，无所畏惧
将创造新的更大奇迹

记忆不会消逝
新思想导引，环宇更新，同舟共济
一个和谐美丽的国度尽展诗情画意

2019 年 1 月

晚霞涛声

信心满满

我
走进了期颐之年
曾登上高山的绝顶
俯瞰了绿色的稻田、草原

我
游览了海滩、港湾
曾置身奔驰的游艇
抚摸了蓝色海洋的笑脸

过去　现在
联成一线
从贫弱到富强
历史的泪珠成就了一连串光环

现在　未来
信心满满
现在，已国强民富
未来，科技创新必有更大发展

国家的安全观
民族的使命感

还需要国人继续跨过一个一个高坎
还需要国人继续攻下一个一个险关

尚有失地
需要声索,力使归还
也有岛礁
需要统一,完整主权

信心满满
国家拥有真理正义
江山一统
不会遥远

信心满满
时代有了思想引领
民族复兴
必能实现

2019 年 2 月

晚霞涛声

显身露面一瞬间

划破黑色夜空的有星光闪闪
滋润草木花叶的有露珠圆圆
敢战外敌入侵的有响箭冲锋在前
启示吉祥美好的有昙花妍然一现

它们在漫长广阔的时空里
本能地真情地显身露面
光艳得仅仅是短暂的一瞬间
它们在苍茫迷惘的氛围中
托起了芸芸众生的欢颜
鲜活着祖国大地的万里江山

2019 年 3 月

第 三 辑

远去的踪影

静静的晋安河畔

八十年代的日日夜夜
晋安河水静静地淌过洋下堤岸
蓝天的清晨空气十分新鲜
一群老年壮年青年人在河畔晨练

跑步的越过小桥进入大道锻炼
打拳的闪身转动在河边的花园
练气功的面对着河水闭目入禅
我既跑步又练气功插身于其间

绿色的河水缓慢地流着
阳光让花朵分外的灿烂
风儿徐徐地送香在河畔
人们屏声静气在大自然

晨练者共同分享着美好
他们与世无争神态悠闲
虽不相识却送出了笑脸
并把友好播种在了心田

这里远离车流的街道
这里身处市郊的边沿

晚霞涛声

这里面向着林木苍翠的金鸡山
这里是晨练者心中的世外桃源

我用不着去游览胜地的武夷山
也不必去省外追寻那名山大川
我在这块福地淡泊恬静了六年
洗去了残留人间的烦恼和哀怨

离开了　留着的是回忆
分别了　保存的是纪念
要回忆的是那时期天地人和的机缘
要纪念的是短暂梦幻般的逝水流年

1989 年夏初稿
2017 年冬定稿

落印潭

黔东江口有一潭碧水
传说吴三桂反清兵败
曾往潭中落下了王印

抗清、降清、亡明、反清
史实俱在
往潭中落印　怎能辩称不是二臣

有说降清为了救明　反清为了复明
欲要论说落印者的作为、人品
最好先看看降清、亡明、封王、称
帝这一连串铁证

古木参天　山道浓荫　溶洞奇特
潭水碧清
欢了一路摄像的镜头　绿了远方
游人的眼睛
游罢　莫不称道不虚此行

落印潭的风景　游人推心置腹地
钟情
"落印"，历史的一粒灰尘
当今，有谁去招魂

1993 年 9 月

晚霞涛声

也许、是的、如果……

也许
要快乐就不能回想
不该想那旅途的彷徨

也许
要快乐就不应回想
不该想那职场的肮脏

也许
要快乐就不好回想
不该想那盲目的迷惘

也许
要快乐就不可回想
不该想那挥泪的创伤

是的
快乐已经得到了
好的住房已经住上

是的
快乐已经得到了

美的衣裳，满了橱箱

是的
快乐已经得到了
香的花朵，进了厅堂

是的
快乐已经得到了
财物满满，无限风光

如果
没有回想
到处都是快乐的地方

如果
没有回想
就会忘记内伤、外伤

如果
没有回想
就会忘记国耻、国殇

如果
没有回想
就会对未来设计不出好的模样

真个
不该把快乐捏着不放
因为未来难免不遭新的创伤

真个
不该把快乐长留心上
因为难以预测的忧患就在近旁

真个
不该把快乐久挂面庞
因为阴险的敌人腰上系着手枪

真个
不该把快乐一味品尝
因为这个世界尚有制造灾难、罪恶的霸王

快乐
还抛不开回想
要想想未来的走向

快乐
还少不了回想
要想想国家的富强

快乐

还抹不掉回想
要想想当前世界上的虎豹豺狼

快乐
还离不了回想
要更多的快乐,快把战斗的号角吹响

快乐
还要继续回想
要反问环球的黑夜里为什么没有灯光

快乐
还要不断回想
要反思过去大白天的世界也有强梁

快乐
还要高举回想
世界的前途究竟要听谁的主张

快乐
还要推动回想
人类的命运必须从地下向着天空飞翔

2000 年 12 月

晚霞涛声

到处是镜子

人出生后
面对的是一面一面的镜子
这些镜子并不会照出人的原形
但它能收录人的言行举止

人的一生会从万物的面前走过
万物都是一面一面镜子
它们记下了人的一切表现
编写出一个人真实的历史

因之,人应该防微杜渐
不去偷摘花朵果实
因之,人应该两袖清风
让镜子托起雄心壮志

因之,人必须慎独寡欲
不去暴食豪赌
因之,人必须鞠躬尽瘁
让镜子崇敬忠义仁智

2004 年 9 月

超级太阳

早晨过后的八九点钟
在尤溪县雍口村这个地方
一辆敞篷的汽车驶向闽江码头
急驰在长达五十公里的公路上

正值秋高气爽
天空高挂着一轮耀眼的太阳
只是好景不长
先是阵阵白色的薄雾从它面前吹过
后是片片黑色的乌云扑向它的面庞

突然白雾乌云中的太阳变大膨胀
体态大得同农用的大簸箕一样
直径竟有一米多长
它被勾勒成一张黑中透红的特大脸面
赫然衍生为一个超级太阳

飘忽的白雾和涌动的乌云
使劲地把超级太阳推搡
使它似动非动　升升降降
使它似醉非醉　摇摇晃晃
使它时大时小　变幻无常

晚霞涛声

　　　　　使它时红时黑　　扭出凶相
　　　　　汽车上的人们看过不少的红日
　　　　　却从未见过如此怪模怪样的超级太阳
　　　　　惊诧的脸上带着些许的担忧和恐惧
　　　　　等待着什么样的大祸降临在头上

　　　　　经历了近 20 分钟的反复
　　　　　变幻的天象逐渐走出反常
　　　　　白雾失去了接济
　　　　　飘去了茫茫远方
　　　　　乌云断绝了后续
　　　　　沉没在重峦叠嶂
　　　　　当敞篷汽车到达闽江码头时
　　　　　又见到一个复原了的金色骄阳

　　　　　　　　　　　　　　2010 年 10 月

自毁生路

山
黄着脸
高声疾呼

水
伤了心
湍出泪珠

好心肠的老天
为大山
涂上新绿,青翠葱茏

好榜样的大地
把流水
围成缓流,顺着岸走

山青
水秀
美丽、富庶

突然
山又高声疾呼
谁砍倒了树木

突然
水又湍出泪珠
谁挖开了缺口

老天
看着
摇了头

大地
瞧着
顿了足

蠢汉
却怒着
反责大山不再给活路

愚妇
却恨着
反怪流水不再给帮助

老天
点明
是蠢汉乱砍滥伐的根由

大地

澄清
是愚妇偷挖堤土的缘故

蠢汉、愚妇沉下了脸
昧着良心
申言不服

众生、万物都开了口
不服可以上诉
当心批下天条:"自毁生路"

2010 年 10 月

无　题

突然电闪雷鸣
和谐、友谊……横遭打击
一些亲朋好友成了罪孽
翻江倒海,人人自危

文化几乎成了无用的垃圾
法治被野蛮驱除出境
天理被山火烧成灰烬

晚霞涛声

纵有三头六臂，面对众盲束手无策

旁门左道造成的无序
眨眼之间过去了无数个岁月
昔日的树木正在枯萎
它们曾让鸟儿栖息
昔日的池水正在枯竭
它们曾伴鱼儿游戏
归去来兮
幸有缕缕忠魂把真理正义传承
归去来兮
幸有龙的传人接受教训力图振兴

国人经过古今文明的陶冶
莫不打上中华文化的烙印
传统美德不能废弃
文化自信一定要坚定
且看环宇
先进文化成了和平发展的原动力
人类要变更无仁失德的轨迹
必须洗掉身上的污泥浊水
才能托举大地容貌——
无与伦比的明媚、美丽

2011 年 6 月

第三辑 远去的踪影

小草和家居

小草能成一片绿原
家居能成一座城镇
两者相隔不远
两者距离很近

只要绿原扩大
只要绿原延伸
只要城镇养殖小草
只要城镇优化环境

绿原和城镇共生互信了
合二为一就会一家亲
谁要是乱搞分裂
谁就是小草和家居的共同敌人

2012年3月

伪　装

人们发现——
脂粉把丑脸隐藏
帮扶下的贪婪在暗中巧取豪抢
假笑把暗恨掩盖
虚情中的狠毒在暗中报复嚣张

人们劝告——
借用虚伪的诚信骗人
久而久之，对方可测出背后的勾当
不以人类的善良待人
长此下去，对方能预见一身的伪装

2012 年 4 月

天鹅分飞

一群天鹅追求春暖
展开翅膀翱翔蓝天
它们意外又突然地遭遇了倒春寒
天鹅情侣被莫名的风雨雷电拆散

它们各自飞去了不同场所的地方
天高地远情侣再也没能重见一面

时代变换　星移斗转
消除了可称为伤害的风雨雷电
天鹅情侣感受到了春回的气息
千里奔波跋山涉水终于又相见
惜乎为时太晚初恋已成了梦幻
六十年的思念重逢时一双泪眼

岁月远去了
青春被染成了白发和苍颜
夕阳红透了
幸运了秋枫却凄凉了幽兰
人生成谜了
情侣们的心中充满着悲叹

为什么蓝色天空如此迷茫
为什么光明的地方也多难
为什么芳香人间如此阴沉
为什么小花小草命途多舛
为什么天鹅难得花好月圆
为什么道德文明如此遥远

今天似乎可以放下感情重担了

晚霞涛声

眼前似乎已得到了求索的答案
情深情浅
已由天鹅情侣最后的景观解开谜团
大是大非
自有一幅历史画卷正义地突围怪圈

2013 年 1 月

梦　游

游完了青山绿水
游完了楼台阁亭
然后化成一堆灰烬营养绿茵
成为后人凭吊的一抹风景

看够了车水马龙
看够了官场市井
然后消失成后人的模糊回忆
成为笑谈过去的一丝烟尘

游完了能够往返的地方
看够了能够触及的名胜

然后告别了人间的千种风情
心魂溶入苍茫宇宙的沉静

人之始，以付出损伤奋斗出生存
人之终，因收入病痛踅身入空灵
生是空灵，张着眼睛正义地挺进梦境
死亦空灵，闭上眼睛高尚地赢得梦醒

2013 年 1 月

满足　致远

夕阳的余晖彩化了万物的容颜
看到花朵被美得鲜艳艳
看到树叶被亮得光闪闪
看到草原被亲得情绵绵

有人说它们得到了幸福的晚年
有人说晚福只是一阵清风
美好的日子太短
有人说它们得到了幸福的光环
有人说光环只是一颗流星

晚霞涛声

快得像雷电一闪

怎样才能不会发出对晚年
幸福的感叹
有这样的回答——
寡欲、满足、和谐、至善
如何面对晚年幸福
快逝的光环
有这样的处方——
清心、传承、前瞻、致远

2013年4月

坚持本色　不要打扮

有箴言劝告坚持本色
行为举止要与人为善
有哲理指引坚守心志
道德文章要敢为人先

花朵展现本色
自然的美广受万众点赞

搽胭抹粉的颜质
经不起日晒雨淋的考验

青山坚持现绿
生气盎然，风度翩翩
被惯成草木不生的形态
不是青山的夙愿

为民作奉献
不需要打扮
高处不胜寒
不要被打扮

        2013年5月

不要被色染

有的人被打扮
有的人被色染
本来的面目走出了身体
用一副假相去讨人喜欢赏玩

晚霞涛声

到得形老体衰
暴露行走蹒跚
到得脑笨声沉
凸显息喘气短
纵有脂粉千层
也难掩盖住雀迹斑点

应晓
假象不可能永远
当知
受宠不可能不变
是什么样就是什么样
该怎么办就怎么办
老实人最后或可得到福禄
虚假事总有一天会被揭穿

2013年6月

远 眺

前方的风景艳丽极了
一个老人从窗口把风景远眺

风景长存　永远妖娆
一个老人走不动了，尚在远眺

前方的风景壮观极了
有志者怀着理想信念，把它寻找

风景永驻　阳光照耀
有志者不惧风暴，可达目标

老人的远眺鼓动有志者辛劳
艰苦跋涉，终于拍摄下风景的全貌

老人看着一张一张彩照
说"我也能走到了"

老人把风景收入进怀抱
脸上泛起了幸福的微笑

2013 年 7 月

晚霞涛声

夏日游下沙

家人驱车游下沙
一路平坦洁静
道旁的鲜花绿茵
明亮了游人的眼睛

家人驱车游下沙
沿途景美气清
青山下的果林
洗去了游人心肺中的微尘

家人驱车游下沙
在下沙看尽了海浪的舞韵
泳者的身姿
鲜活了海浪和沙滩的风景

家人驱车游下沙
我用拐杖使双足变得年轻
既登高远眺大海无垠
又入馆品尝了海鲜佳珍

家人返车回家门
路边的太阳伞把游人吸引

伞下年轻的果农
献上价廉物美的龙眼新品

游罢海滨
兴味犹存　海韵提神
直到几个月后
我才重又落入生活的黄昏

2013 年 7 月

别　离

一朵花贴着枝条成长
正在鲜艳地开放
一朵花就要萎谢别离
身心充满着悲伤

日落日出，月缺月圆
都会再现再亮
花开花落，人在人去
都属正规正常

看天下万事万物变化多端
要一成不变只能是个空想
以平常之心对待生死存亡
苦难可安度，赴死敢担当

　　　　　　　　　　　2013年8月

人们的故事

一

弱柳偎在池水边写了它的故事
它在春风中写了它绿色的翠枝
它在夏热时写了它缤纷的白絮
然后在寒天写了它纯洁的柳丝

万物在地球上写着它们的故事
它们在春风中写着各自的壮志
它们在夏热时写着远大的宏图
然后在寒雪里写着奉献的价值

人们活在人间写过不少的生动故事
在企求中写过追寻自由解放的搏斗

在苦难里写过遭受不白之冤的真实
然后在死前进行了对功和过的反思

二

有说故事有如一池涟漪
有道故事恰似一天晨曦
有言故事好像几声抽泣
有评故事形同几滴血液

眼看着群花盛开后的枯萎
耳听着秋蝉鸣唱后的无为
体察到它们曾志在战斗不息
人们长叹不畏归去看好后裔

好在故事一个又一个的传承
好在故事在历史中积累演绎
这可让后人据之寻根、追忆
这可供学者据之评说、赏析

三

既然天地人间崇尚正气
怎能不去效法那弱柳的操守、纯洁

晚霞涛声

既然民族复兴匹夫有责
怎可把人们的故事投入沉隐、空寂

2013年9月

人 殇

离开人间
不求他人、他物作伴
生前远离了光环
死后谢绝了花圈

生前已表达了遗愿
走时不要讣告、悼念，不收财物、金钱
除去亲朋好友深情凝视的双眼
不要让其他的纪念品靠近身边

走后，所有的亮光熄火
只望一天的星月陪伴长眠
走后，所有的遗物捐献
只让一盒骨灰飘落在山川、海湾

第三辑　远去的踪影

人生，只留下一点真情在人间
入寂，不带走任何的旧怨前嫌
红尘，已没有了一个人的身影
世上，且看谁在播弄是非，诋毁先贤

2013 年 10 月

老照片

家里存放着一些老照片
老照片中有我
有着故事一长串
老照片中没有我
也有着故事一长串

家里存放着一些老照片
注目深察这些老照片
把一个一个不同的时代展现
它们的面前跳跃着和平、亲善
它们的背后隐藏着战争、苦难

存放着的照片中有我

晚霞涛声

昔日的往事
在心中得到了重演
存放着的照片没我
他们的言行
在心中引发出波澜

老照片中有我
老照片中无我
都是纪念
我看了一遍又一遍，一年又一年
我读着照片中的故事
读出了一生的跌宕起伏，离合悲欢

老照片与我相伴——
永远相伴
直到把最后一程路走完——
把生命走完

2014 年 1 月

皱　纹

我提问
你提问
人人提出了相同的提问
个个在寻求真实的答问
为何有的人的面孔有皱纹
是什么压迫出了人的皱纹

回答提问的提问
为什么不去向自己提问
为什么不去自我答问
为什么不去由自己辨明
只有真实的自我反映
才能得到正确的答问

皱纹是真实的回答——
皱纹是正确的反映——
你有一颗良心和一双往底层看的眼睛
你的每一次反抗和每一次斗争
却变成了一次屈辱
就增多了一条皱纹

你有跋山涉水的经历

晚霞涛声

你有多灾多难的人生
要表明你的永怀忠诚
要道出你的业绩品行
皱纹是最最好的见证
见证最准确的是皱纹

2014 年 4 月

远去了,但仍然

翠鸟飞入了苍茫
消失在洪荒
远去了
但仍然使志士牵肠

绿水流去了海洋
隐没在波浪
远去了
但仍然让世人向往

花朵辞别了土壤
逍遥在天方

第三辑 远去的踪影

远去了
但仍然在环宇留香

光环被暗淡流放
无缘在殿堂
远去了
但仍然在民间闪亮

一切都远去了　但仍然
迎着风声鹤唳的惊涛骇浪
为祖国的富强
扬帆启航

一切都远去了　但仍然
冲着穷凶极恶的侵占扩张
为民族的复兴
开创辉煌

2016 年 2 月

晚霞涛声

海　葬

借着肉身
漫游了红尘
亮点、殿堂、荣誉……
山村、农舍、低层……
都一一经历、尝尽人生

当时间把肉身收归故里
重又回到了大海
让孕育生命的母亲
把一切冲洗干净
就仍然只是个
无姓无名
无声无息
自由逍遥
顺天由命
一个灵魂

海洋、人类一家
既养育了肉身
又安置了灵魂
物资不灭
生息不停

2016 年 9 月

人的思念

一个花盆
盛着花草
人曾为它耕耘浇灌

一只酒杯
盛着月光
人曾与月对饮共欢

一面镜子
盛着明亮
人曾朝它梳妆打扮

一张沙发
盛着身体
人曾傍它听视广电

一张方桌
盛着灯具
人曾用它勤学苦练

一张木床
盛着棉被

晚霞涛声

　　人曾靠他暖体睡眠

　　一些照片
　　盛着岁月
　　人曾用它记叙昨天

　　一些文章诗画
　　盛着意愿
　　人曾借它表达观感
　　…………

　　人走了，留下的生活用品
　　曾与人为伴几十年
　　人的身影深刻在上面

　　人走了，留下的所有物件
　　常在把故事重演
　　挑动着未亡人的情感

　　人走了，带不走任何东西
　　都留在人间
　　让存世者作为永恒的纪念

　　死者与生者共同生活的沧桑
　　在各种物品上记载着悲欢

不时牵引出未亡人绵绵的思念

二

当未亡人也走了
世上思念的流程将会缩短
人间的一角
也逐渐沦落成暗淡

纵使灵魂或可相聚
可怜已没有了活感
而那些共同拥有的物品
也已一一走散

后人的继承
或许充满对前人的缅怀
只是这种怀念
浅游在大海，飘浮在苍天

也许一些对昔人的忆念
有幸存入人间的档案
但供给后人的抒怀
时间也很短暂

不论是那一种思念

不论是有光或无光的思念
都会经历突变，遭遇绝缘
都只能是短暂的昙花一现

人的思念莫不受制于时间
人的梦幻总也会烟消云散
人的未来达不到无际无边
人的希望难得那永久永远

三

虚无缥缈的时间孕育出了人
是一个独特擅长思念的景观
景观与思念共生同归
受制于时间，回归于自然

2016 年 9 月

人间女神

女神——
云游到了大地。
她胴体青春,
线条分明。
她邂逅了寒流滚滚,
驱冷的是一条飘柔颈项的红色围巾;
她领略了热风阵阵,
消暑的是一袭波动的纺绸上衣和轻纱长裙。

女神——
喜看戏在水里的海豚,
心向飞去家乡的彩云,
好走田野幽静的小径,
眼朝翱翔天空的雄鹰。

女神——
抛出了比翼齐飞的春情,
响亮起风华正茂的歌声,
播放开春天的追求,
笔舞着心灵的吟咏。

女神——

晚霞涛声

盘桓在那人间，
她展示出白净玉润的颜质，
荡漾起一双秋水汪汪的眼睛。
她面向芸芸众生，
嘴角边推出了一丝庄重的笑纹，
她走上婚姻舞台，
那形形色色的物华顷刻间被她的风韵吸引。

被她吸引的首先是人——
能打开女神心扉的不是地位，
更不是高富帅的混混；
被她吸引的其次是钱——
能得到女神亲近的不是美钞，
更不是股票债券金条银锭；
被她吸引的再次是物——
能得到女神欢喜的不是别墅、宠物，
更不是珠宝、海味、古玩、山珍；
被她吸引的最后是名——
能得到女神青睐的不是高贵的尊称，
更不是各种类型桂冠的明星。

女神——
她不重地位，
她最重人品。
她远离了太多虚情假意的光棍，

她婉拒了不少幸运儿的求婚。
她爱上了一个一身正气的老百姓,
那是一个能文能武拥有品位的读书人。
她爱他知书达理仗义重情,
她爱他待人诚恳言而有信,
她爱他心系祖国忧国忧民,
她爱他舍生取义冲锋陷阵。

女神——
她升华妇道德性,
专一不二,
虔诚爱情;
始终清纯,
永远忠贞。

女神——
静心细察人间的一切,
用正义的双足跨越了所有的火坑,
她对行恶者以仁劝其归正,
她对举善者竭诚报以崇敬。

女神——
她在年少时寄人篱下,
孤苦伶仃;
她在青春时迎接解放,

晚霞涛声

参加革命。
她敬业勤奋，
轻利让名；
她心正言真，
饱受诟病。
她随着读书人，
历经了苦难，
跋涉了艰辛。
她遭受过歧视，
被捎去贫困的偏僻山村，
体验阶级斗争；
她负屈而无恨，
行医、济助贫民，
受到农民群众的好评。

她失去了应有的社会价值，
从未乞求怜悯，
沉默，并不消沉；
她在沉浮的职场，
与好运毫无缘分，
她仍然坚持洁身自好清白做人。
她任凭风吹浪打，
在惊涛中平静，
在压力下坚韧，
不变颜色，

寒竹常青。

女神——
有幸走进了夕阳佳境,
脸面肌肤依旧玉润,
体态容颜相对年轻,
她被一群活跃在情场上的高位猎手,
视为"天鹅""百灵",
咄咄示爱,
拳拳殷勤,
甚至巧设圈套,
幻想事成。
她对这些想入非非之徒好言劝导,
借力权柄曝光了他们追求镜花水月的花心,
她打消了他们背叛道德文明的邪念,
她挽救了这些人的家庭。

女神——
一个人间的女神,在风火大地穿越岁月,
她以89岁高龄,
在和煦的阳光下走完了人生,
她走得形神安祥,
她托起了苦乐不由他人安排的历程。
她自由逍遥了,
将着意潜心修行

晚霞涛声

她回归自然了,
将长伴日月星辰。

女神——
一个人间的女神,
在依恋中告别了亲人,
她的灵魂飞去了天庭,
她遗言让骨灰安息在海波下的碑林。

女神——
她云游大地,
为大地奉献了一道——
独特、罕见、可诗、入画的风景。

女神——
她盘桓人间,
在人间留下了一个——
淑雅、温存、仁慈、娴静的身影。

2016 年 9 月

吻和情

最初的一吻
来自及时催情的爱神
来自春雨晨露的滋润
来自爱意初萌的交映
来自美好未来的追寻

最初的一吻
落在一天霞光的幽径
落在一片蓝色的海滨
落在花草争艳的早春
落在自然一吻的定情

最后的一吻
来自病榻床前的孤灯
来自快要消失的生命
来自远去惜别的一瞬
来自自然不返的穷尽

最后的一吻
落在催人长眠的死神
落在衰老干瘪的嘴唇
落在悲痛欲绝的深心

晚霞涛声

落在永远辞世的断层

爱心从来是难解难分
情感总也是山高水深
嘴上有着千万个唇印
甜酸苦辣冷热轻重深
都隐身在彼此的心灵

长青的爱心不会老去
永恒的情感不会用尽
生离死别是爱的时辰
生离的吻如雪夜送行
死别的吻似江河呜咽

但千变万化贵在清纯
清在葡萄般似的唇净
纯在石榴般似的齿晶
清在甘露般似的舌润
纯在热泉般似的体温

但风尘琴韵重在忠贞
忠是最初的洁面净身
贞是最初的真爱素心
忠是最初和最后的吻
贞是最初和最后的情

吻有这样和那样的吻
情有这样和那样的情
吻和情出自同一个人
这样的吻清纯似白银
这样的情贵重如黄金

2016年10月

一个老人晚年的心态

拄着一根拐杖
撑起红霞满天的夕阳
老了
生命的时钟嘀嗒敲响

拄着一根拐杖
托起满园花草的余香
衰了
生命的轨迹显示了黄昏的形象

思想
仍然陪伴老人翱翔

晚霞涛声

是那样的青春
把未来的美好向往

渴望
掀起老人生命的巨浪
是那样的情热
把幸福寄托在未来的时光

拄着一根拐杖
表示靠近了坟场
思想
要把脚印留在人间,让人们去评论短长

拄着一根拐杖
表示飞临了天堂
渴望
要让来者紧握信念的接力棒,改变世界的模样

2016 年 11 月

世 故

我们曾玩过进洞的弹珠
也曾用上打鸟的弹弓
我们曾欢乐在河中捕鱼
也曾在球场为输赢冲锋
我们曾在晚饭后散步
也曾在油灯下夜读
我们曾为国事担忧
也曾为生活艰苦互济互助
这些,使我们坦露了心魄和肺腑
这些,让我们有了兄弟般的帮扶

时间走过了多少年的恍惚
我们分散了
各自向东西南北奔走
马齿徒增,染上了明哲保身病毒
我们越走越世故
终至音信杳无
你在何处,我在何处
彼此不知
还在人间,已经逝世
你我知否

晚霞涛声

迫于世故,受限世故
失去了别后的沟通
也就没有了最初的继续
今天,我们已进入迟暮
但对往事并不糊涂
今天,我们将迎来归宿
但友情还藏在心头
不忘最初,世故何用?
最初不会沉而不浮
它们还会在梦中搅动、复出

2016 年 11 月

回 首

人老了
自然会回首

人老了
必然要回首

年幼时

不知道回首
不知道身后
不知道什么是正负

年轻时
不需要回首
追求光明不能放慢脚步
为了生存只有全力以赴

年壮时
才懂得要回首
看看自己的进展为什么会超前落伍
查查自己的作为有何当与不当之处

最后
时间不长了,苦于不能回首了
家人会因你曾经的回首
知道你走过什么样的道路

最后
日子不多了,苦于不能回首了
后代会因你曾经的回首
知道人生之路要怎样的走

2017 年 2 月

晚霞涛声

家乡的凉水

在城市蜗居的许多乡思里
潜游着一瓢家乡凉水的风景
凉水自岩石细沙中爆冷
曾活灵活现在偏远的小小山城

夏日炎阳如火
烧红了的是心
快马加鞭　风雨兼程
我奔回家乡把眷念中的凉水找寻

从未离开家乡的老友伴着我
沿着昔日青少年的脚印
走遍了小山城的郊野山村
家乡的沧桑巨变
湮没了回忆中凉水的印痕
不见了曾经痛饮过的凉水的踪影

失望、叹惜、情深……
冲开了上天的恻隐
挤出了人间的幸运
一位群山中的土家族原住民
遥指峰峦叠嶂中的悬崖陡壁

眼前一亮
听到了那绿荫覆盖的地方响着
水的生命
柳暗花明
见到了一瓢汩汩涌泉
在岩石为畔细沙垫底处现身

我俯下身躯
习惯地用双手捧住涌泉
手心的感觉把旧识的素质判明
凉水——它就是我要的凉水的真身
我好似重逢了久别的恋人
先是轻轻地一吻
然后一捧一捧地饮下了它的柔顺
和温存

凉水流经咽喉胃肠
凉水浸透心房全身
靠着它的清凉把城市的心火浇灭
有了它的陶醉遂愿了往日的憧憬
通体凉爽
我苦思从岩石间细沙中涌出的
凉水的来源
似乎它的冷是从珠峰流失而来的雪崩
净心安神

晚霞涛声

我冥想涌泉形成一沟清流的历程
似乎它的凉来自寒冬黄河退隐山林的冰凌

城市有着绘上诱人图像的矿泉水
为什么我对家乡的凉水却始终倾心
只因它和我在青少年时有着 20 年来解
渴消暑之恩
更因它独有的喝过家乡凉水的人才
懂得的意蕴
它不是走进城市招摇的矿泉水——
一生隐居山林
它没有贴上名不副实的商标——
只有一个叫作凉水的乳名
它未经长途跋涉辗转贩运——
被污染上致病的细菌
它土生土长原汁原味保健养生
它远离钞票无偿供应不取分文
它在小山城的家乡生成
它是凉鲜净纯的山珍
如果有人把它强掳私奔远行
就会变性失去天然的特征
知它者几乎全是家乡的老人
和原住民
不知它者大多是被各种饮料
捆绑的后生

第三辑 远去的踪影

今天我身居他乡有一个梦
祈望城市中所有的矿泉饮料
都具有家乡凉水的全部功能
今天我在自己的国土上有一个梦
期盼家乡的凉水在水的舞台上
尽展风韵
好让求索者听懂它那天然的
清凉甘洌的吟咏

2017 年 7 月

家乡,我仍然走在路上

七十年前离别家乡,
我仍然走在回乡的路上。
雷电,风雨……
毫不留情,太多凄凉;
天灾、人祸……
暴力阻挡,太多创伤。
耗尽了年华,
家乡,始终在几千里外的远方。

今天，
我已衰老，乡愁难忘；
故园、旧友、往事……
常在梦中走来造访。
今天，
一缕情思，连着家乡；
飘摇、震荡、向往……
家乡，我仍然走在路上。
今天
无数忧患，潜游心肠；
家仇、国恨、图强……
家乡，我仍然走在路上。

2017 年 9 月

曾是我身旁的剑池

打扮剑池的日子临近,四周居民即将拆迁,住户深感"归去来兮",依依不舍。

——题记

剑池
身旁的剑池
经历了两千多年的岁月
它无言无语含情脉脉

剑池
带着辉煌的贡献入睡
昔日,寓居山峦的腹地
今天,深藏楼群的怀里
但是,它并不寂寞消沉
白天,有晴雨光大着它的气魄胸襟
但是,它并不孤苦伶仃
夜晚,有星月倒映出满池刀光剑影

它曾是我身旁的剑池
治疗着蜗居漫步者的伤病
它曾是我身旁的剑池
有远方客晨练者常与它相亲

晚霞涛声

我与剑池为邻二十五年有余
共享了池边的林荫和众鸟的欢歌高吟
但世事多变，难免死别生离
有情人与它唯有相见在梦境

我要走了
今后伴它的仍将是芸芸众生
它会健在
在未来的美好中它更会光彩照人

2017 年 12 月

剑舞人寰　走进民间

一

青年壮年和老年……
同住在一个大院

院内有剑池亭轩……
托起了王城冶山

剑池助我知史实

文化脚印二千年

冶山立马剑池南
屏障台风保平安

二

这里可闻桂花香
可聆听群鸟鸣啭

这里能享榕树荫
能欣赏秋月微澜

我得到她的帮扶
愁云就会被驱散

我收藏她的豪情
诗文更能够致远

三

时间苍老了自然
风雨陈旧了景观

年复一年又一年

迎来了星移斗转

要把她生态提升
推动她绿色扩展

要促她环境优化
规划她成为公园

四

为了她征迁大院
大院将发生剧变

有人为升质惊喜
有人为受损伤感

易满足的是提升
不情愿的是花钱

更有一个感情关
别时容易见时难

五

我怀着千种风情

第三辑 远去的踪影

寄望她剑舞人寰

我泛起万般幽思
祈愿她走进民间

我们将永远离别
尚共享一个婵娟

我们有相同理想
美天下不会遥远

2017 年 12 月

旧友在何处

在刀光剑影下
幼苗们成了亲密的学友
都期望未来有一个光明的前途

在电闪雷鸣中
绿叶落入尘土，流水遇阻堰湖

晚霞涛声

任世道摆布，随世风起伏

在人生恍惚时
致祸少福，顾忌接触
旧友失联，音信杳无

在夕阳彩霞里
群山复绿，江河献秀，四邻和睦
怀旧的情绪，有如江潮汹涌心头

在黄昏想念着
旧友们在何处，有人知否
但愿旧友们得天独厚，不被卷入沉浮

2018年2月

猴儿跳

沅江上游的一处险滩
群山紧紧地把碧水环绕
碧水两侧的悬崖峭壁
只留下约五米宽的航道

水流湍急　撞击石壁
激起声声的呼号
两侧峭壁顶宽约有三米
乔木伸出的树枝把两岸联结成天桥

野生群猴在天桥石壁间追逐嬉戏
体操出一个一个高难的惊险的技巧
它们一边吱吱低叫
一边扬臂张口哂笑
还一边把野果山桃向路过的舟船轻抛

从古到今　当地船工
把群猴抛下的野果山桃叫做福寿桃
把这一处险滩天桥的奇景
取名为猴儿跳
昔日游人莫不喜好涉险猎奇
追求放舟一游猴儿跳

只是群猴抛下果桃的天数有限
而且是在夏季晴天的大清早
只是河水的流速很快
约两三百米的航程不过几分加几秒

有幸观赏过天桥猴技
又有幸得到群猴赠桃的游人很少

晚霞涛声

这样的游人记忆中的猴儿跳风情
也就一生难忘一世难消
如今猴儿跳的峭壁山景还在
而群猴远去　水量减小
享受过这一奇景奇遇的昔日游人
也已衰老　难再风骚

2018年6月

人民在缅怀你们

一

你们毅然地脱下了高等学府的学生服
无比勇敢地穿上了革命队伍的军人装
你们把教室里的一支笔
锤炼成战场上的一杆枪

这支笔为"漳厦战役"吹响了战斗的号角
这杆枪为战役的胜利进行了光大发扬
这支笔映红了战士们血染战场的实况
这杆枪助力部队打得敌人去跳海逃亡

一群男女大学生在火线上拼搏
闪烁着中华好儿女的万丈光芒
一群青春的战士在阵地中驰骋
功勋彪炳在解放福建的纪念章

二

你们卸下了军衣转业地方
负重投身到了另一些的战场
你们用经过战争洗礼的这支笔
在文化教育等战线上创造辉煌

你们用这支笔参加了各种运动
谱写下了先进人物成长的篇章
有多少个白天和不眠的夜晚
为出版社出好书竭尽了力量

一群革命军人在建设中含辛茹苦
成长为构建民族复兴大厦的战将
一群英勇的斗士在职场上谱曲春秋
丰硕成果璀璨在建设福建的光荣榜

三

你们的战斗历程有如生龙活虎

晚霞涛声

你们的感情生活恰似柳柔花香
人一生上演过千奇百怪的梦幻
梦境虽然反复无常但旧情不忘

你们让友谊的创伤得到了理性的安抚
你们使战友情的奔放一以贯之地飘扬
你们让社会的和谐永世地长存
你们使人际的交往依旧地芬芳

四

你们一生为祖国的美好着色添彩
国家给你们多种多样的荣誉褒奖
你们以发挥余热走完最后的一程路
国家把你们安息在革命陵园的殿堂

你们把笔铸造成了枪的参军
人民缅怀你们战斗在最前线的英雄形象
你们把枪还原成了笔的革命
人民缅怀你们为工农兵写作的光辉榜样

2018 年 8 月

第三辑 远去的踪影

在告别剑池前

剑池、喜雨轩、剑光亭、跑马场……
它们正在被打扮、粉妆……
堤岸、幽径已整修翻新
新的碑记叙述着它们过去的概况
新铺上的草皮是它们的地毯
刚种上的荷花是它们的新娘

"可怜飞燕倚新妆"
为年轻人欣赏
"夕阳无限好,只是近黄昏"
让老年人尽快地把旧景收藏

一个九十二岁的老人
拄着拐杖
把这些有旧有新的景象
摄入了心房

旧瓶要装上新酒了
老人抢着饮下了这二千多年剑池的陈酿
如果没醉
剑池的水不会变味走样
如果醉了

223

晚霞涛声

回家的路也不远长
未来的幽灵还会在剑池岸畔回荡

老人与相处 26 年多的剑池快要分别了
他祝福剑池来日方长
老人必须抛下生活 26 年多的旧居了
他难舍地伫立徘徊在池旁
老人揣着怀旧的幽情
他将静静地走去远方

在告别风光了二千多年的剑池旧景前
老人盼望
在古文化穿上新妆后
更要让传承再现昔日的辉煌

2018 年 8 月 18 日

第三辑　远去的踪影

何忧何虑

没有起死回生的道路
只有死后永别的不归

这个场景合乎情理
却远离了自然常规

天上的彩云散了
又有彩云从容起飞

树上的鸟儿去了
又有鸟儿飞来栖息

只要大自然长存
万物就能永生承继

分分合合
有去有回

死生不息
何忧何虑

2016 年 11 月

下　沉

他成了一朵黑云。在天空
雷声化作鞭炮
闪电铸成明灯
为他送行。这情景
使他感动得流出了眼泪
星月掩面难舍
更让他雨水纷纷

眼泪、雨水倾盆。在大地
他把泥土、花草、林木滋润
骨灰一瓶。在海洋
他与海战牺牲的志士为邻

时世助他富有了光辉的历程
下沉成就了他能为民的一生

2018 年 8 月

第三辑 远去的踪影

这只船

这只船载着一批批士人回国作奉献
殷勤地向故土运送大量的宝贵资源

这只船为着祖国的富强竭尽了全力
中华大地的新貌新颜也有它的支援

这只船忠心耿耿披肝沥胆累坏了
宁静地安眠在了伟大祖国的港湾

人民没有忘记这只船
一曲悲歌深情地悼念

2018 年 9 月